跟着古诗词
看中华文明

清宣——编著
露露公园——绘

藏在古诗词里的二十四节气

石油工业出版社

图书在版编目（CIP）数据

跟着古诗词看中华文明．藏在古诗词里的二十四节气 / 清宣编著；露露公园绘．— 北京：石油工业出版社，2023.1

　　ISBN 978-7-5183-5148-0

　　Ⅰ．①跟… Ⅱ．①清… ②露… Ⅲ．①古典诗歌—诗歌欣赏—中国—少儿读物 Ⅳ．① I207.2

　　中国版本图书馆 CIP 数据核字（2022）第 018611 号

跟着古诗词看中华文明．藏在古诗词里的二十四节气

选题策划：艾　嘉
责任编辑：曹秋梅
出版发行：石油工业出版社
　　　　　（北京市朝阳区安华里二区 1 号楼　100011）
网　　址：www.petropub.com
编 辑 部：（010）64523559
图书营销中心：（010）64523649
经　　销：全国新华书店
印　　刷：三河市嘉科万达彩色印刷有限公司

2023 年 1 月第 1 版　　2023 年 1 月第 1 次印刷
710 毫米 ×1000 毫米　　开本：1/16　　印张：37
字数：330 千字
定价：158.00 元（全四册）

（如发现印装质量问题，我社图书营销中心负责调换）
版权所有，翻印必究

目录

本书体例说明 / II

春满人间

立春：一年之计在于春 / 2
一蓑"雨水"一蓑禾 / 8
惊蛰，如此美好 / 14
春分日，昼夜均 / 20
清明时节雨纷纷 / 26
谷雨留痕 / 32

一叶知秋

愁，心上立秋 / 78
处暑：花落，夜寒 / 84
金风"白露"一相逢 / 90
秋分时，桂花香 / 96
人比花瘦在寒露 / 102
霜降蝶也愁 / 108

夏花绚烂

立夏，万物生长 / 40
小满小满，江河渐满 / 46
细雨中的芒种 / 52
夏至已至 / 58
小暑至，盛夏始 / 64
大暑：热在三伏 / 70

相约在冬季

立冬，山寒水冷 / 116
邂逅小雪，能饮一杯无 / 122
大雪夜归人 / 128
冬至的夜 / 134
小寒冷风来 / 140
大寒：无风自寒 / 146

◎ 本书体例说明 ◎

诗词：中国文化之花

德国诗人荷尔德林说："人充满劳绩，但还诗意地安居于大地之上。"

中国文学家林语堂也说："在中国，生活的艺术，与绘画、诗，合而为一。"

人活着，除了生存，还需要美。而诗歌之美具有别样芬芳。

古老的中国，是诗词的国度。

翻开中国的古诗词，我们可以窥见隐藏在文字背后的历史和文化，例如二十四节气的故事、不同时代的民俗风情、山川楼宇的历史与文化内涵、旧时名物的故事……

这是一套什么样的书

立春：一年之计在于春

迎春花开了，春天的脚步近了，又到了万物复苏的时节。

※开头引言

本书中，每一个小节都有引言。
引言如预告，将这一小节的内容提前播报。

立春读词

原文

减字木兰花·己卯儋耳春词
[宋] 苏轼

春牛①春杖②，无限春风来海上。便丐③春工④，染得桃红似肉红。
春幡⑤春胜⑥，一阵春风吹酒醒。不似天涯⑦，卷起杨花似雪花。

※原文内容解读

原文内容解读部分包括原文、作者、注释、译文、赏析五个部分。

原文：原汁原味展示古诗词。

> **作者**
>
> 苏轼，字子瞻，又字和仲，号东坡居士，世称苏东坡，眉州眉山（今属四川）人，北宋文坛巨匠，诗、词、文皆精，"唐宋八大家"之一。

作者：作者简介，了解创作者的思想、创作风格、人们对他的评价等。

> **注释**
>
> ①春牛：也被称为"土牛"，它不是真牛，而是由泥捏纸粘而成的。
> ②春杖：耕夫持犁杖而立，也有"打春"一说。
> ③丐：乞求。
> ④春工：指春风。
> ⑤春幡（fān）：立春日，家家户户为了迎接春天悬挂的旗，也称"春旗"。
> ⑥春胜：一种剪成各种图案和文字的剪纸，以示迎春。
> ⑦天涯：此处指作者被贬之地海南。

注释：为生僻字注音，并对部分字、词、句进行注释，为读者扫除阅读障碍。

> **译文**
>
> 拉起泥犁杖，打着土牛，无限春风从海上吹来。祈祷这春风，把桃红色的百花染成肉红色。
> 家家户户挂着春旗，贴着剪纸，一阵春风把我的酒意吹醒了几分。杨花翻卷如同雪花，此地倒不像是海南了。

译文：白话译文，帮助读者清晰理解原文内容。

> **赏析**
>
> 词中用了七个"春"字，描绘出一种明快活泼的春天的气息，也表达了作者乐观豁达的心态。

赏析：深入解读作者的创作思想，以及原文的内涵，强化读者对原文的理解。

※一套四册，各有不同的知识板块设计。

《藏在古诗词里的二十四节气》中有"××读诗/词""物候记""农时农话""闲话风俗""食物恋""互动拓展"；

《藏在古诗词里的中华民俗》中有"风物记""闲话民俗""生活志"；

《藏在古诗词里的名胜古迹》中有"在路上""历史与传说""璀璨风情"；

《藏在古诗词里的古代名物》中有"考工记""名物拾零""名物故事"。

这些板块中有历史文化常识，还有生动的故事，寓教于乐，让知识更有趣。

立春：一年之计在于春

迎春花开了，春天的脚步近了，又到了万物复苏的时节。

原文

减字木兰花·己卯儋耳春词

[宋] 苏轼

春牛①春杖②，无限春风来海上。便丐③春工④，染得桃红似肉红。
春幡⑤春胜⑥，一阵春风吹酒醒。不似天涯⑦，卷起杨花似雪花。

作者

苏轼，字子瞻，又字和仲，号东坡居士，世称苏东坡，眉州眉山（今属四川）人，北宋文坛巨匠，诗、词、文皆精，"唐宋八大家"之一。

注释

①春牛：也被称为"土牛"，它不是真牛，而是由泥捏纸粘而成的。
②春杖：耕夫持犁犋而立，也有"打春"一说。
③丐：乞求。
④春工：指春风。
⑤春幡（fān）：立春日，家家户户为了迎接春天悬挂的旗，也称"春旗"。
⑥春胜：一种男女各种图案和文字的剪纸，以示迎春。
⑦天涯：此处指作者被贬之地海南。

译文

拉起泥犁杖，打着土牛，无限春风从海上吹来。祈祷这春风，把桃红色的百花染成肉红色。

一年之计在于春

节气：立春

时间：2月3、4或5日

立春，二十四节气中的第一个节气。

立春的"立"字，可以理解为"开始"，也就是一年的开始。我们都知道一句俗语——"一年之计在于春"，即在春天时就做好一整年的计划，埋于立春的种子会在此后的季节生根发芽、开花结果。这个节气充满了温暖和希望，是万物生长的开始。

万物复苏

立春是一年的开端，刚经历冬寒的大地开始升温，春雷、春雨逐渐多了起来，冰封的河面也开始融化，冬眠的动物们这时逐渐苏醒。雨水开始增加，为作物的栽种、植物的生长提供条件。我们常会用一个词来形容这个时节——万物复苏。

中国处于北半球，一般把2月初到5月初定为春季，而南半球一般将春季定为9月到11月。

IV

打春牛

打春牛，是一项传统的活动，通常在立春时节或立春日早晨举行。古时候，打春仪式最高由皇帝亲自主持。地方上也有打春仪式，但是各地稍有不同，具有地方特色。

打春牛不是打一头真牛，而是鞭打牛的塑像，也就是泥牛。在民间打春牛仪式中，地方官员会在泥牛身上抽几鞭，这意味着春耕要开始了，人们要打走老牛身上的惰性。之后，泥牛会被打碎，老百姓也会把碎片拿回家去，祈祷春耕顺利进行。

所以，打春牛主要是为规劝农耕、祈福春耕。

美味的社饭

在我国南方地区，民间有做社饭的传统。

社饭，是人们在社日（一般在农历二月初二前后）所吃的一种食物。

社饭的做法十分简单，人们在野外采摘或在市场购买蒿菜（青蒿），将其洗好之后，切成碎末，和糯米、野葱碎、腊肉粒、腊豆干粒等食材一起烹饪。社饭做好后，可以配菜吃，也可以直接吃。如果使用大锅烹煮，还会有社饭锅巴，焦香美味。

美好的立春

[双调]清江引·立春

[元] 贯云石

金钗影摇春燕斜，木杪（miǎo）生春叶。水塘春始波，火候春初热。土牛儿载将春到也。

请你诵读这首曲，感受一下立春的美好景象，再观察一下，立春之时，你的周围是否也有同样的现象？

※精美插图

经典文字搭配精美插图，图文共赏。

图文搭配，强化视觉审美，同时，通过图片可以强化读者对知识点的记忆。

读诗词，品流彩华章；
读诗词，享文化精粹；
读诗词，养性灵气质；
读诗词，悟天人之理。
小朋友们，让我们一起品味诗词之美吧。

为何要阅读本书

春满人间

立春：一年之计在于春

迎春花开了，春天的脚步近了，又到了万物复苏的时节。

原文

减字木兰花·己卯儋耳春词

[宋] 苏轼

春牛①春杖②，无限春风来海上。便丐③春工④，染得桃红似肉红。
春幡⑤春胜⑥，一阵春风吹酒醒。不似天涯⑦，卷起杨花似雪花。

作者

苏轼，字子瞻，又字和仲，号东坡居士，世称苏东坡，眉州眉山（今属四川）人，北宋文坛巨匠，诗、词、文皆精，"唐宋八大家"之一。

注释

①春牛：也被称为"土牛"，它不是真牛，而是由泥捏纸粘而成的。
②春杖：耕夫持犁杖而立，也有"打春"一说。
③丐：乞求。
④春工：指春风。
⑤春幡（fān）：立春日，家家户户为了迎接春天悬挂的旗，也称"春旗"。
⑥春胜：一种剪成各种图案和文字的剪纸，以示迎春。
⑦天涯：此处指作者被贬之地海南。

译义

拉起泥犁杖，打着土牛，无限春风从海上吹来。祈祷这春风，把桃红色的百花染成肉红色。

家家户户挂着春旗，贴着剪纸，一阵春风把我的酒意吹醒了几分。杨花翻卷如同雪花，此地倒不像是海南了。

赏析

词中用了七个"春"字，描绘出一种明快活泼的春天的气息，也表达了作者乐观豁达的心态。

一年之计在于春

节气：立春

时间：2月3、4或5日

立春，二十四节气中的第一个节气。

立春的"立"字，可以理解为"开始"，也就是一年的开始。我们都知道一句俗语——"一年之计在于春"，即在春天时就做好一整年的计划，埋于立春的种子会在此后的季节生根发芽、开花结果。这个节气充满了温暖和希望，是万物生长的开始。

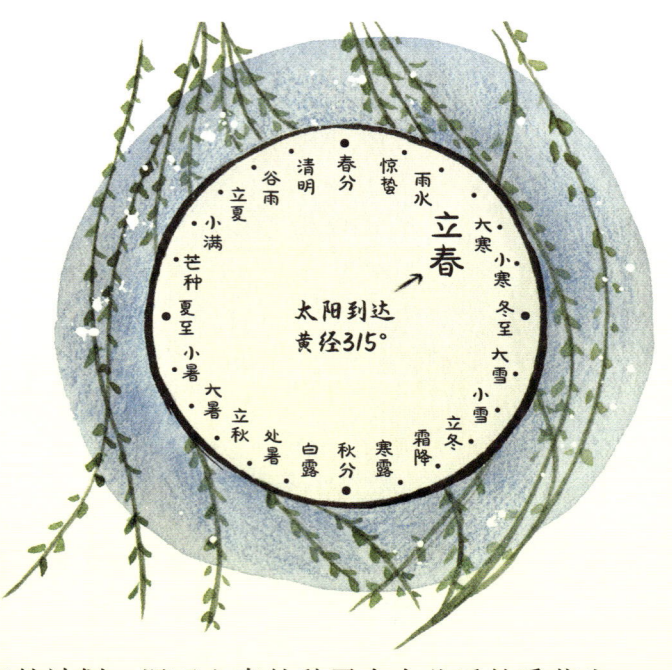

万物复苏

立春是一年的开端，刚经历冬寒的大地开始升温，春雷、春雨逐渐多了起来，冰封的河面也开始融化，冬眠的动物们这时逐渐苏醒。雨水开始增加，为作物的栽种、植物的生长提供条件。我们常会用一个词来形容这个时节——万物复苏。

中国处于北半球，一般把2月初到5月初定为春季，而南半球一般将春季定为9月到11月。

打春牛

打春牛,是一项传统的活动,通常在立春时节或立春日早晨举行。古时候,打春仪式最高由皇帝亲自主持。地方上也有打春仪式,但是各地稍有不同,具有地方特色。

打春牛不是打一头真牛,而是鞭打牛的塑像,也就是泥牛。在民间打春牛仪式中,地方官员会在泥牛身上抽打几鞭,这意味着春耕要开始了,人们要打走老牛身上的惰性。之后,泥牛会被打碎,老百姓也会把碎片拿回家去,祈祷春耕顺利进行。

所以,打春牛主要是规劝农耕、祈福春耕。

美味的社饭

在我国南方地区,民间有做社饭的传统。

社饭,是人们在社日(一般在农历二月初二前后)所吃的一种食物。

社饭的做法十分简单,人们在野外采摘或在市场购买蒿菜(青蒿),将其洗好之后,切成碎末,和糯米、野葱碎、腊肉粒、腊豆干粒等食材一起烹饪。社饭做好后,可以配菜吃,也可以直接吃。如果使用大锅烹煮,还会有社饭锅巴,焦香美味。

美好的立春

[双调] 清江引·立春
[元] 贯云石

金钗影摇春燕斜，木杪（miǎo）生春叶。水塘春始波，火候春初热。土牛儿载将春到也。

请你诵读这首曲，感受一下立春的美好景象，再观察一下，立春之时，你的周围是否也有同样的现象？

一蔸（dōu）"雨水"一蔸禾

下雨了，雨打在了叶子上，砸到了花上，撞上了窗户玻璃，噼里啪啦的。田地里的庄稼也趁机喝饱了，一切都充满了希望。

原文

临安春雨初霁①
[宋] 陆游

世味②年来薄似纱，谁令骑马客京华。
小楼一夜听春雨，深巷明朝卖杏花。
矮纸③斜行闲作草④，晴窗细乳⑤戏分茶⑥。
素衣⑦莫起风尘叹，犹及清明可到家。

作者

陆游，字务观，号放翁，南宋著名的文学家和爱国诗人。陆游的作品具有很强的现实主义风格和爱国主义情怀。

注释

①霁（jì）：雨后或雪后天晴。
②世味：人情滋味。
③矮纸：小纸，短纸。
④草：草书。
⑤晴窗细乳：明亮的窗户下，沏茶时水面泛起的泡沫。
⑥戏分茶：试着煎茶。戏，也作"试"。分茶，一种煎茶的方法。
⑦素衣：白衣，指代诗人自己。

译义

近年来，世态人情淡如细纱，我为什么要骑马到京城来，过这客居寂寞无聊的生活？只身住在小楼上，我听了一夜淅沥的春雨，次日清晨，幽深的小巷传来了叫卖杏花的声音。铺开小纸，从容地斜写着草书，在雨后初晴的窗边，仔细地煮水、沏茶、撇沫，再慢慢品味。不必叹息那京城的尘土会染脏我洁白的衣衫，清明时节还来得及回到日思夜想的故乡。

赏析

这首诗抒发了春季雨后诗人的情感。诗人心有抱负，想要保家卫国，可是在繁华的京城，他只能独眠听雨，聆听叫卖杏花声，写字烹茶，尽管安闲，却透着百无聊赖和无可奈何的情绪，在尾联表达了拂袖而去的愤懑情绪。

物候记

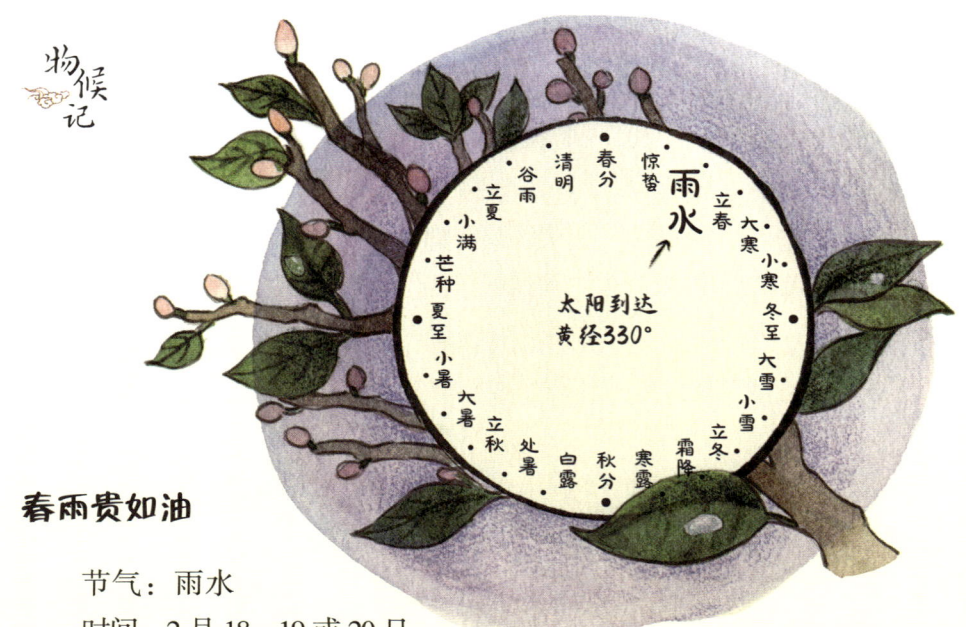

春雨贵如油

节气：雨水

时间：2月18、19或20日

雨水，二十四节气中的第二个节气。

雨水的到来，意味着大地从冬季的寒冷干燥逐渐变得温暖湿润。无论是植物的生长，还是动物的活跃，都缺不了雨水的滋养和润泽。一场春雨激活大地的生命，所以，古人云"春雨贵如油"。

天暖了，雨来了

雨水时节，气温回升，大地和天空逐渐呈现出生机盎然的一面。那些在秋冬飞到南方的候鸟在这个时候开始向北迁徙。河里的游鱼，也不像冬天河面冰封时那样安静，而是游到水面上，开始它们新一年的生活——觅食、繁衍……

拉保保

四川一带有个民俗叫拉保保。保保是干爹的意思,拉保保就是认人做干爹。为什么会有这样的习俗呢?

以前,四川当地人会选择在雨水这一天,带着孩子和酒菜来到特定场所,为孩子选一个"干爹"。如果孩子的身体弱,那就选一个身体健康强壮的人做干爹;如果希望孩子将来聪慧好学,就找一个有学问的人做干爹。

这个传统习俗是父母对孩子的一种期望和祝福,希望孩子能够无病无灾,健康长大。

吃荠菜

雨水时节,江南田野上的荠菜纷纷破土而出。荠菜翠绿、鲜嫩、味美,可以凉拌着吃,做包子蒸着吃,包馄饨、饺子煮着吃,和火腿、年糕一起炒着吃,等等。我们美美地吃上一口,仿佛尝到了春天的味道。

春暖花开

面朝大海,春暖花开
海子

从明天起,做一个幸福的人
喂马,劈柴,周游世界
从明天起,关心粮食和蔬菜
我有一所房子,面朝大海,春暖花开

从明天起,和每一个亲人通信
告诉他们我的幸福
那幸福的闪电告诉我的
我将告诉每一个人

给每一条河每一座山取一个温暖的名字
陌生人,我也为你祝福
愿你有一个灿烂的前程
愿你有情人终成眷属
愿你在尘世获得幸福
我只愿面朝大海,春暖花开

请你阅读这首诗,谈一下自己对于"春暖花开"的感受。

惊蛰，如此美好

春天的脚步惊醒了天空，也惊醒了大地。雷声阵阵，把大地之上的生灵都唤醒了。

原文

观田家（节选）
[唐] 韦应物

微雨①众卉②新，一雷惊蛰始。
田家③几日闲，耕种从此起。

作者

韦应物，唐朝诗人。他的诗作风格属于山水田园派，文字清新高远，也有一些关心民间疾苦的作品，表达百姓心声。后世有"王孟韦柳"的说法，指的就是以王维、孟浩然、韦应物、柳宗元为代表的山水田园派。

注释

①微雨：细雨。
②卉：花草。
③田家：农家。

译文

一场细雨落下，诸多花草换了新颜。一声惊雷响起，惊蛰时节来临。农家一年到头能有几日空闲？耕种从这个节气就开始了。

> **赏析**

　　这首诗抓住了惊蛰时节的几个特点——降雨、雷鸣、耕种,表现了诗人对现实生活和底层人民的细心观察,也表达了他对种田人家辛勤劳作,一年没有几日空闲的同情。

春雷响,万物长

节气:惊蛰

时间:3月5或6日

惊蛰,二十四节气中的第三个节气。

惊蛰中的"蛰",意思是蛰伏。在天气寒冷的冬季,有些动物为了少消耗体内的能量,就会尽量不饮不食,让自己处于冬眠之中,尤其是一些藏在土里的虫类。

惊蛰,就是天上的雷声惊醒了这些蛰伏的动物。春雷响动,生物苏醒,生机涌动。

农家忙

惊蛰的到来意味着农民开始整理田地。这个时节,土壤中的虫类也开始活跃起来,所以农民在疏松土壤的同时,还会处理虫害及野草等,以利于作物的生长。

祭白虎

据说,在广东地区,每到惊蛰的时候就有一种民间活动,名为"祭白虎"。老虎是百兽之王,人们祭拜它,不仅希望老虎能够帮助自己免受病害、驱除邪祟、保持健康,还有让自己远离是非的意思。

祭白虎倒不是真的找一只白虎来祭拜,而是用黄纸剪成老虎身体的轮廓,再用粗粗的黑线描画出老虎的大致形象。纸老虎做好之后,乍看也是虎虎生威,十分威猛。

民间还有一个非常有意思的说法。据说白虎主口舌是非,人们在惊蛰这一天祭拜白虎,也是想谋求这一年行事顺利,让自己避免口舌是非之争,能够顺畅地过完这一年,不让心怀叵测的人来伤害自己。

当然了,这只是老百姓的美好心愿,也是一种有趣的民间风俗。

惊蛰,吃个梨

民间有"惊蛰吃梨"的传统。传说明朝有一户晋商人家,他们用家乡特产去换取其他地方的红枣、粗布一类物品贩卖,以从中获利。山西的特产之一就是梨。到了清朝,这户商家的后人要走西口,他的父亲就在惊蛰这一天拿梨给他吃,意思是让他不要忘本,不要忘记先祖的努力经营。后来,越来越多的人开始走西口,很多人也在惊蛰这一天吃梨,以示不忘本。

桃花盛开

诗经·周南·桃夭

[先秦] 佚名

桃之夭夭,灼灼其华。之子于归,宜其室家。

桃之夭夭,有蕡(fén)其实。之子于归,宜其家室。

桃之夭夭,其叶蓁(zhēn)蓁。之子于归,宜其家人。

惊蛰到来,桃花盛开。请你翻阅一下相关书籍,看看还有哪些描写桃花的诗词?

春分日，昼夜均

到了春分时节，人们才真正感觉到彻底有别于冬季的温暖。天气更暖和了，人也更精神了。

原文

阮郎归

[宋] 欧阳修

南园①春半踏青时，风和闻马嘶。青梅如豆柳如眉，日长蝴蝶飞。花露重，草烟②低，人家帘幕垂。秋千慵困③解罗衣，画堂④双燕归。

作者

欧阳修，字永叔，号醉翁，晚号六一居士。北宋政治家、文学家，"唐宋八大家"之一。他在政治上支持范仲淹推行新政；在文学上继承韩愈古文运动的精神，反对空疏无实的文风，推动了宋代诗文革新运动。

注释

①南园：南郊园林。
②草烟：春草茂盛稠密，如被烟雾笼罩一般。
③慵（yōng）困：慵懒困倦。
④画堂：用彩画装饰的堂屋。

译义

去南郊园林春游踏青，风和日丽，马儿嘶鸣。青梅只有豆子大小，柳叶细软如美人弯眉，白日渐长，蝴蝶飞舞。

花朵上露珠晶莹,春草稠密,有户人家的帘幕已经放下。一位美人玩罢秋千,慵懒困倦,轻解罗裳睡去了,唯有画堂之上归巢的双燕陪伴她。

赏析

这首词由景及人。春分时节,植物开始生长,动物也开始活跃,一切都充满了生命力,与此同时,主人公心中却满是困倦和思念。"双燕归"正象征着思念之情。

一场春雨一场暖

节气：春分

时间：3月20或21日

春分，二十四节气中的第四个节气。

春分时节，天气变得越来越暖和，但是，这个时候要注意，可能会出现短时间的降温，这种现象被称为"倒春寒"。所以，即使天气变暖，我们也不要很快地收起冬衣，以防不时之需。春分之后，北半球白昼开始长于黑夜，我们会发现，天亮得更早，黑得更晚了。

春分里的春灌

到了春分时节，春播的工作就要开始了。"一粒入土，万粒归仓"，其中，春灌的工作尤为重要。这个时候，作物因为生长的关系，需水量会越来越大，如果当时当地的气候并不能满足这一要求的话，就要及时进行春灌。这样做不仅有利于作物及时返青（指植物的嫩芽经冬后，会从黄变绿，逐渐生长），也会对土壤起到很好的保温作用。

春日的祭祀

中华民族是一个十分尊重祖先的民族,对自己源远流长的文明、文化也极为重视。

春分时,人们会祭祀先祖。首先,人们在祠堂举行隆重的祭祖仪式,杀猪、宰羊、请吹鼓手吹奏、念祭文等,然后再去扫墓。

除了祭祀先祖,人们也祭拜天地万物。

古时候,祭祀太阳是重要的仪式。北京的日坛就是明清皇帝祭祀太阳的地方,日期就选在春分。

春分吃春菜

  北京、天津一带的百姓从立春就开始吃春菜、春饼。春菜的主要食材是黄豆芽、韭菜等。在北京地区,人们吃春饼的时候,配菜是混炒豆芽菜、韭菜、鸡蛋等。配菜炒好之后,人们根据各自的口味,蘸酱或者配些肉,最后用薄薄的面饼裹起来吃。

春雷阵阵

春分的时候,部分地区出现雷电的频率可能会增多。请在这个阶段观察一下,自己身边的天气是否产生了明显变化?如果你对此很感兴趣的话,不妨拿出纸笔,将降雨情况和雷电情况都记录下来,和其他季节做一下对比。

清明时节雨纷纷

清明温暖的天气适宜出行,青山碧水,红花绿树。大家约上亲朋好友,就可以出去享受美好春光了。

原文

清明
[唐] 杜牧

清明时节雨纷纷①,路上行人欲断魂②。
借问③酒家何处有,牧童遥指杏花村。

作者

杜牧,字牧之,号樊川居士,京兆万年(今陕西西安)人,唐代著名诗人。杜牧人称"小杜",以别于杜甫;与李商隐并称"小李杜"。因晚年居长安南樊川别墅,后世又称其为杜樊川。

注释

①纷纷:形容多。
②断魂:十分哀伤。
③借问:请问。

译文

清明时节,淅淅沥沥的雨下个不停。路上的行人真是愁肠百转。想问问哪里有酒家,牧童抬起手来,指向了远处的杏花村。

> **赏析**
>
> 　　这首诗按起承转合,将画面徐徐推出。第一句"起",交代时间、天气;第二句"承",引出人物;第三句是神来之"转",直接引出第四句,戛(jiá)然而"合"。全诗充满了画面感和节奏感,白描的手法让其更通俗易懂。

清明时节雨纷纷

节气：清明

时间：4月4、5或6日

清明，二十四节气中的第五个节气。

清明这个节气，正如它的字面意思一样，有天地清明的寓意。此时，天朗气清，花红柳绿，春天的生机被彻底激活，动物们开始变得活跃，植物也到了繁茂的时候。在天气晴好的日子里，人们纷纷出门踏青。

草木萌发的大好时节

清明时节，温度适宜，雨量合适，正是播种、施肥的好时机。天气晴朗美好，阳光温暖和煦，无论是湿润度，还是光照日晒，都非常适合植物生长。在温度适宜的江南，人们开始准备养蚕。

介子推与寒食节

清明节的前一日或前两日为"寒食节"。寒食,顾名思义就是只吃冷食。寒食节的背后还有一个故事。

春秋时期,晋国公子重耳在外颠沛流离,他的手底下有一批忠心耿耿的追随者,介子推就是其中之一。据说,有一次重耳实在饿得受不了了,介子推竟然割下了大腿上的肉让重耳充饥。重耳对此十分感动,也愈发看重介子推。

后来,重耳回到晋国,做了国君,也就是后世称赞的晋文公。他想重用介子推,但是介子推一来顾念家中老母,二来淡泊名利,最终选择归隐绵山。晋文公为了逼介子推出山,便命人放火烧山,他以为介子推为了避火会从山里出来。谁曾想介子推竟和母亲抱着一棵树被烧死了。晋文公十分悲痛,就下令以后每年这一日不许燃烧明火,只许吃冷食。这就是寒食节的由来。

绿绿的青团

  清明的时候，人们会吃一种名为"青团"的食物。青团的外皮是用糯米粉和上一些用艾草做的青汁。外皮做好以后，还要调和馅料。馅料既有甜的，如豆沙、枣泥；也有咸的，如咸肉。青团做好之后，放在蒸笼上蒸熟，成品软糯清香，十分美味。

清明的活动

在清明节这一天,你家都会进行什么传统活动?是扫墓,还是踏青?饮食上有没有什么特殊菜肴?请思考一下,这些习俗是否和你身处的地区有关系?

谷雨留痕

水润万物,雨生百谷,淅淅沥沥的小雨落下,谷雨悄然到来了。

原文

春晓①
[唐]孟浩然
春眠②不觉晓,处处③闻④啼鸟。
夜来风雨声,花落知多少。

作者

孟浩然,襄州襄阳(今湖北襄阳)人,世称孟襄阳,因他未曾入仕,曾隐居鹿门山,又被称为孟山人。孟浩然是山水田园派诗人,继陶渊明、谢灵运、谢朓之后,开盛唐山水田园诗派之先声,和另一位山水田园诗人王维合称"王孟"。

注释

①晓:拂晓,天亮。
②眠:睡觉。
③处处:到处。
④闻:听到。

译文

春日酣眠,不觉天已拂晓。窗外到处都有鸟儿在鸣叫。昨天晚上一阵风吹雨打,不知又有多少花朵被吹落枝头。

赏析

孟浩然一生的大部分时间是在隐居中度过的,这首《春晓》是他隐居鹿门山时所作。诗人抓住春日黎明的短暂瞬间,捕捉细微的春天气息,表达了对春天的喜爱和对春光易逝的惋惜。

雨生百谷

节气：谷雨

时间：4月19、20或21日

谷雨，二十四节气中的第六个节气。

谷雨，有"雨生百谷"之意。水滋养万物，是生命的源泉，所以，到了谷雨时节，降水量越来越大，空气的湿度越来越高，温度也随之上升，春天就要结束，带着热气的夏风即将吹来。

最是一年好时节

温暖的气候和适宜的降雨能让植物更好地生长。为了有个好收成，农民伯伯们辛勤耕耘，照料农田，播种移苗，种瓜点豆，为作物以后的生长和丰收做好准备。这个时节，杨花落尽樱桃红，很多应季的花卉逐渐盛开。

祭拜妈祖

在我国南方沿海地区,人们在谷雨时节有"祭海"的习俗,即举办隆重的仪式祈求出海平安,如拜龙王、拜妈祖等。

俗话说"靠山吃山,靠水吃水",常年在海上工作的人为了祈求健康、平安,会举行一些祭拜妈祖的活动。

传说,妈祖原名林默,自幼聪慧善良,既读书习字,也学习医术。后来,她一直治病救人,当地人都十分感念她的恩情。渐渐地,她贤良有才的名声越传越广,当地人十分尊重和爱戴她。据说她还擅长观天象,能够预测大海的状况,也因此帮助了很多渔民。

林默死后,人们为她建了庙宇,塑了雕像,称她为"妈祖",常常供奉、祭拜她。

谷雨时节采春茶

　　茶叶根据采制时间,可分为春茶、夏茶、秋茶等。谷雨茶,就是谷雨时节采制的春茶,也被称为"二春茶"。谷雨时采摘的茶叶气味清香,叶质柔嫩,泡出来的茶汤带着淡淡清香。谷雨茶中有一种一芽两嫩叶的茶,因为形似雀类的舌头而被称为"雀舌"。

谷雨之美

在古书《月令七十二候集解》中,将谷雨分为三候:"初候萍始生;二候鸣鸠(jiū)拂其羽;三候戴胜降于桑。"意思是说,浮萍开始生长;布谷鸟鸣叫,梳理自己的羽毛;戴胜鸟也落在了桑木之上。那么,请你留意一下,水塘中什么时候开始出现浮萍?你见过布谷鸟和戴胜吗?

夏花绚烂

立夏，万物生长

春天的脚步渐行渐远，夏日的风开始袭来。瓜果渐渐地成熟了，沙瓤的西瓜、结满树梢的枇杷……坐在窗前，立夏的风光映入眼帘，令人心旷神怡。

原文

山亭夏日
［唐］高骈

绿树阴浓①夏日长②，楼台倒影入池塘。
水精帘动微风起，满架蔷薇一院香。

作者

高骈（pián），字千里，唐朝后期名将、诗人。

注释

①阴浓：树荫稠密。
②夏日长：夏日正午前后，树荫密而且深，给人白昼漫漫之感。

译文

夏日正午，绿树投下浓重的树荫，白昼显得越发漫长。楼台在池塘中投下倒影，宛如镜中美景。一阵微风吹来，水波荡漾，仿佛水晶帘幕。院子里，满架蔷薇盛开，芬芳弥漫。

> **赏析**
>
> 这首诗充满了初夏时节的清新气息,绿树、阳光、楼台倒影、池塘、微风,还有满园蔷薇,构成了一幅清丽自然的画面,洋溢着夏季的勃勃生机。

夏季来临

节气：立夏

时间：5月5、6或7日

立夏，二十四节气中的第七个节气。

立夏，意味着春天已经远去，夏天到来了。植物变得更加茂盛，天气也渐渐炎热。白天的时间明显变长，凌晨五六点，天就已经亮了。

瓜果清凉

在夏天，我们能吃到很多清甜可口的水果，而这些水果在立夏的时候都需要进行养护，如防虫、施肥、保花、护果等。因为果农们的辛勤劳作，我们才能在夏季吃到鲜美的水果，如葡萄、西瓜、桃子等。

立夏称人

古时江南一带有立夏称人的习俗。

传说,诸葛亮七擒孟获之后,孟获对诸葛亮十分拜服。诸葛亮对孟获说,一定要尊重蜀国主君(刘备的儿子阿斗)。于是,孟获便在立夏这天来拜见阿斗。此后,每年都依照此例进行拜见。后来,蜀国灭亡,晋武帝司马炎掳走了阿斗。孟获不忘诸葛亮的嘱托,依旧每年立夏去拜见阿斗。每次去时,他都带着一杆秤,称一下阿斗的体重,看阿斗是胖了还是瘦了,以此判断司马炎是否亏待了阿斗。他还扬言,如果阿斗被亏待了,自己一定发动叛乱。司马炎为了稳住孟获,也只好让阿斗吃好喝好。

吃一颗蚕豆

　　太湖流域，立夏时令有三鲜，分别是蚕豆、竹笋、青梅。其中，蚕豆的烹饪方式很简单，可以直接加盐水煮，煮熟后就可食用。鲁迅先生在其作品《社戏》里讲了一群孩子偷吃蚕豆的故事，十分有趣。

夏天的雨

立夏以后,降雨会越来越多,尤其是南方地区。请观察一下,在立夏时节,你家乡的雨量是否增多了?还有哪些自然现象同时出现?

小满小满,江河渐满

小满时节,江河渐满,作物的籽粒日渐饱满,蚕宝宝们也逐渐长大。

原文

幽居初夏

[宋] 陆游

湖山胜处放翁①家,槐柳阴中野径②斜③。
水满有时观下鹭④,草深无处不鸣蛙。
箨龙⑤已过头番笋,木笔⑥犹开第一花。
叹息老来交旧⑦尽,睡来谁共午瓯⑧茶。

作者

陆游,字务观,号放翁,南宋著名的文学家和爱国诗人。陆游的作品具有很强的现实主义风格和爱国主义情怀。

注释

①放翁:作者的号,此处是自称。
②野径:小路。
③斜:蜿蜒转折,曲径通幽。
④鹭:白鹭。
⑤箨(tuò)龙:竹笋。
⑥木笔:辛夷花,一种开在初夏的花。
⑦交旧:老友,旧友。
⑧瓯(ōu):杯子。

译文

此处湖光山色美不胜收,我就住在那槐树成荫、小路横斜的地方。水面与岸边齐平的时候,可以看到白鹭翩飞。青草茂盛,到处都是蛙鸣。

新笋早已成熟,辛夷花才开始绽放。叹息年老至此,已然没有了旧交。午间睡醒,谁又能和我共饮一杯茶?

赏析

这首诗是陆游晚年居于山阴三山时所作,诗人先写景,后抒情。湖光山色、槐柳茂盛、水满鹭飞、草深蛙鸣、头番笋等都是典型的初夏景色,这一切都给人欣欣向荣的感觉。最后一联却陡然一转,一声长叹,道尽了诗人心中的寂寞。

只是小满，还未成熟

节气：小满

时间：5月20、21或22日

小满，二十四节气中的第八个节气。

小满中的"满"在不同地区有不同的理解，比如在北方可以理解成作物颗粒开始饱满，但还没有到成熟状态。谷物的成熟需要环境的催发，雨水滋养、土壤肥沃，谷物颗粒就会渐渐饱满。

小满不满

在小满时节，地里的小麦、水稻一类农作物需要人们更加精心地养护。此时的农作物面对很多环境问题，如突如其来的狂风暴雨、持久的干旱、虫害等，所以民间有"小满不满，麦有一险"的说法。

祭蚕

丝绸、茶叶和瓷器,在古代都是国内外广受欢迎的商品。其中,丝的生产离不开蚕。桑叶不干净,或者温度太高太低等问题都会造成蚕的死亡,因此养蚕是一项十分辛苦的工作。为了祈求有个好收成,人们还会举行一些仪式。

在古代,"亲蚕礼"是一项隆重的典礼,一般由皇后亲自主持,她带着众嫔妃祭拜嫘祖、采桑、喂蚕等。

江南地区也有在小满这天祭蚕的习俗。传说蚕神的生日就是小满这一天,在这天祭蚕寄托着人们祈求蚕茧丰收、生意兴隆的美好愿望。人们献上丰盛的水果等祭品,祈求得到蚕神的祝福。

风吹苦菜长

  苦菜是一种十分常见的野菜，我国食用苦菜的历史也很悠久。《礼记·月令》中写道："孟夏之月，……王瓜生，苦菜秀。"《诗经·唐风·采苓》中也写道："采苦采苦，首阳之下。"

  现在，苦菜的做法一般是凉拌：人们先把苦菜烫熟，沥干后盛到碗里，加入蒜汁、醋、酱油之类的调味料，喜欢吃辣的话还可以放辣椒，最后将其拌匀，一道凉拌苦菜就做好了。

农民的辛苦

悯农二首

[唐] 李绅

其一

春种一粒粟,秋收万颗子。
四海无闲田,农夫犹饿死。

其二

锄禾日当午,汗滴禾下土。
谁知盘中餐,粒粒皆辛苦?

认真阅读这两首诗,如果有机会的话,你还可以亲身感受下地干活的艰辛,这不仅能丰富我们的生活经验,同时也能让我们更加珍惜来之不易的粮食。

细雨中的芒种

一望无际的麦田里,麦芒像针尖一样簇立了起来。在田野中,我们似乎能闻到一股雨水和泥土的香气。这是一个万物疯长的季节。

原文

梅雨①(节选)

[宋]梅尧臣

三日雨不止,蚯蚓上我堂。
湿菌②生枯篱③,润气④醭⑤素裳。
东池虾蟆儿⑥,无限相跳梁。
野草侵花圃,忽与栏干长。

作者

梅尧臣,字圣俞,世称宛陵先生,北宋著名现实主义诗人。他与苏舜钦齐名,合称"苏梅",又与欧阳修并称"欧梅"。

注释

①梅雨:在每年六七月份,江南地区持续阴天下雨,此时正是梅子成熟的季节,所以也被称为"梅雨"。
②湿菌:湿润的菌类。
③枯篱:枯木篱笆桩。
④润气:湿气。
⑤醭(bú):霉。
⑥虾蟆儿:蛤蟆。

译文

这几日雨下个不停，蚯蚓都爬到屋里来了。木头桩子上长满了菌类，衣服、棉被也潮湿发霉。东池里的蛤蟆活跃地跳来跳去。花圃里长满了野草，这些草仿佛忽然之间就和栏杆一样高了。

赏析

诗中描写了十分典型的梅雨时节的景象，同时透露出一种悠然自得的心情。整个场景描写既富有生活意趣，又充满了诗情画意。

芒种，雨来

节气：芒种

时间：6月5、6或7日

芒种，二十四节气中的第九个节气。

芒种的"芒"字指的是一些植物种子壳上的细刺。芒种是北方麦子之类的有芒作物收获的时节，也是南方稻子一类的作物播种的时节。到了这个时节，雨量会有所增加，江南一带进入"梅雨"期，空气湿度大，温度又高，所以天气湿热，又闷又潮。

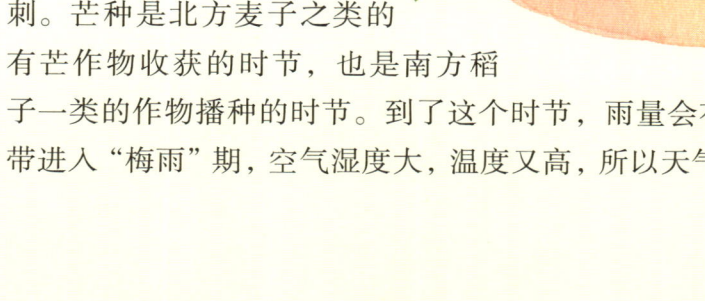

梅雨，霉雨

春末夏初时，南方很多地区持续下雨，恰逢梅子成熟，因此叫梅雨。在雨水的滋润下，万物生机勃勃。但是，对于生活在雨季的人来说，也有不好的一面，因为衣服、被褥，还有木质家具等一直处于潮湿的状态，感觉快要发霉了，所以"梅雨"也被人们称为"霉雨"。

端午节和屈原大夫

屈原,名平,楚国人,他的故乡是湖北秭归三闾乡乐平里。

屈原不仅十分有才华,还很勤奋,心怀抱负。后来,他成了楚国左徒兼三闾大夫,提出的很多政治主张都很有见地。奸臣嫉妒他,向楚怀王进谗言,楚怀王对屈原的喜爱自然就减淡了。

后来,屈原被放逐,所有的理想和抱负无处施展。得知秦军攻占楚国都城郢(yǐng),在痛苦之中,他最终投汨罗江而死。

因为才华和贤名,屈原十分受楚国人的爱戴。听说屈原投入汨罗江,很多人都划船去救,可惜一无所获。人们将糯米包在粽叶里,蒸熟以后投入江中,希望江中的鱼儿们吃了,便不会再去吃屈原的身体。

相传,划船找人和包糯米饭便逐渐演变成如今端午节的两大习俗——赛龙舟和包粽子。

青梅酒

　　芒种时节,梅子长成。古人会用酸涩的青梅来煮酒,《三国演义》中就有曹操与刘备"青梅煮酒论英雄"的故事。现在青梅煮酒已经不多见了,在广东、浙江、江苏一带,人们常用梅子泡酒,做法是用米酒或者黄酒浸泡鲜青梅,再加入冰糖。青梅的酸甜融入酒中,味道甘美醇厚。

芒种后的美好场景

西江月·夜行黄沙道中
[宋] 辛弃疾

明月别枝惊鹊,清风半夜鸣蝉。稻花香里说丰年。听取蛙声一片。

七八个星天外,两三点雨山前。旧时茅店社林边。路转溪桥忽见。

读一读这首词,感受一下词中的美好场景,再想一想你是否也有过相似的见闻和经历呢?

夏至已至

夏至时节,绿荫遍野,风暖昼长,新荷绽放,花丛蝶忙。

原文

四时田园杂兴·其二十五
[宋] 范成大

梅子金黄杏子肥^①,麦花雪白菜花稀。
日长篱落^②无人过,惟有蜻蜓蛱(jiá)蝶飞。

作者

范成大,字致能,号石湖居士,平江吴郡(今江苏苏州)人。南宋诗人,与尤袤、杨万里、陆游齐名,并称"中兴四大家"。其诗作平易浅显、清新妩媚。

注释

①杏子肥:杏子成熟了。肥,果肉充实。杏子正好是夏至时节成熟。
②篱落:篱笆。

译文

梅子熟了,呈金黄色,杏子的果肉也变得肥厚。麦穗飘扬着白花,油菜花也开始花落结籽。日影横斜,篱笆边没有行人,只有蜻蜓和蝴蝶翩翩起舞。

> 赏析

　　这首诗描绘了一幅生动的夏日田园图,图中有梅子、杏子、麦穗、油菜花、篱笆、蜻蜓、蝴蝶……这些意象将夏季的清爽展示得淋漓尽致。整个画面静中有动,尽显夏日风光。

日长长到夏至

节气：夏至

时间：6月21或22日

夏至，二十四节气中的第十个节气。

夏至，"至"字就是"极限"的意思。在我国，白天的时长在这一天达到极限，是一年中最长的一天。过了夏至，白天逐渐变短，天气越来越热，市面上出现了更多的瓜果，如西瓜、葡萄等。

作物在生长

到了夏至时节，无论温度还是湿度，都适合作物生长。不过，在田间同样接受雨露阳光的，不只是农作物，还有杂草。如果不及时除去杂草，清理田地，疯长的杂草就会抢夺土壤营养，严重影响作物生长。此外，越来越高的温度也让田间的昆虫变得更加活跃，所以防治虫害也十分重要。

夏至吃碗面

冬至饺子夏至面,这是北方地区的饮食习俗。

北京炸酱面是一道可口的面食。人们将面条煮好之后,过一下凉水,让面条的口感更加筋道;然后将黄瓜、水萝卜等切成细丝,码在面条上,再放上豆芽菜、加上炸酱,配上其他辅料,拌好之后吃上一口,口感咸香。

四川凉面的做法和北京炸酱面类似,都是将面条煮好之后,过一下凉水,加入葱、姜、蒜、酱油、醋、辣椒油、香油等调味,最后把黄瓜丝、萝卜丝等各种菜码拌进去,味道极好。

很多人在夏天会有"苦夏"的感受,天气一热就食欲不振,这个时候,吃上一碗凉面,十分开胃。

夏至杨梅满山红

　　浙江盛产杨梅，味道甘甜，汁水丰富。到了夏至，杨梅熟了，为了吸引游人，很多地方会举办采摘杨梅的活动，规则是采了就吃。当然了，这些活动可不是免费的。

夏天的水果

夏至时节,很多水果都成熟了。你的家乡这个时节有什么特色水果呢?

小暑至，盛夏始

小暑已至，暑气开始蔓延，我们能够切实地感受到夏天的热气。趁着阳光尚未炙热，去阴凉的地方走走吧。

原文

采莲曲二首·其二
［唐］王昌龄

荷叶罗裙①一色裁②，芙蓉③向脸④两边开。
乱入池中看不见，闻歌始觉有人来。

作者

王昌龄，字少伯，盛唐边塞诗人。他的边塞诗苍凉遒劲，气势雄浑，格调高昂，充满了昂扬向上的精神。他尤以七绝见长，被后人誉为"七绝圣手"。

注释

①罗裙：女子穿的裙子。
②一色裁：像一种颜色的布裁剪而成。
③芙蓉：荷花。
④向脸：与采莲女的面庞相对。

译文

采莲女们的罗裙翠绿，如荷叶裁成。她们面庞娇艳，与荷花交相辉映。她们划着小船在荷塘之中若隐若现。歌声响起，才知道有人来了。

赏析

诗中描绘了采莲少女在湖中嬉戏采莲的场景,活泼欢快,充满了生活气息。荷花进入花期,也意味着小暑到来了。

三伏天的开始

节气：小暑

时间：7月6、7或8日

小暑，二十四节气中的第十一个节气。

小暑中的"小"指的是程度，"暑"指的是热气，从字面理解，小暑就是天气的热度已经十分明显了。小暑、大暑、小雪、大雪的"小""大"都是表示程度的变化。小暑来临，意味着"三伏天"即将到来。三伏天，处于小暑与处暑之间，是一年中最潮热、最闷的一段日子。

鱼长三伏

进入小暑之后，天气更加炎热，水塘或者小河中的微生物、植物也会长得很快，水中的鱼儿获得了更多食物。这时，养鱼的人就会更加注意鱼儿的喂养工作。

六月六，请姑姑

据说，六月初六也被叫作"姑姑节"，意思是在这一天，出嫁的女儿们会回娘家团聚，同时避暑消夏。

先秦时期，晋国有一个叫狐偃的大臣，性格刚愎自用，因事气死了自己的亲家。亲家的儿子，也就是他的女婿一直心怀怨恨。

狐偃有次外出，说好了六月初六回家。于是，女婿决定在那一天刺杀狐偃，为父报仇。狐偃的女儿听说了这个消息，心中十分惶恐，一边是自己的父亲，一边是自己的丈夫，她十分为难。最终，她还是找机会回到娘家，把刺杀的消息告诉了家人，让他们早做防范。

狐偃回家之后，认识到了自己的过错，他知道女婿要刺杀自己，并没有怪罪对方，主动向对方认错。此后，一家人恢复了往常的关系。

之后每一年六月初六，狐偃都会让女儿、女婿回家。如此，就有了"六月六，请姑姑"的说法，这一天也逐渐成了女儿回娘家的日子。

小暑吃杧果

民间有句谚语:"小暑吃杧果。"到小暑这个时节,杧果就成熟了。香甜可口的杧果很受人欢迎。杧果品种不同,吃法也不同。海南岛就有一种凉拌青杧的做法,将青杧削皮,厚实坚硬的果肉切片,然后搭配醋、糖、辣椒等作料食用,酸甜辣交融在一起,十分好吃。

三伏天来了

进入了小暑就等于三伏天开始。到了夏天,你可以感知一下周围的气温,观察一下,你的家乡从什么时候开始变得越来越热,哪一段时间的温度达到最高点呢?

大暑：热在三伏

小暑过后便是大暑，一年最热的时节来到。西瓜浸过冷泉，吃起来清甜可口，伴着窗外的虫鸣，别有一番风味。

原文

大暑
[宋] 曾几（jī）

赤日①几时过，清风无处寻。
经书聊枕藉，瓜李漫浮沉。
兰若②静复静，茅茨③深又深。
炎蒸④乃如许⑤，那更惜分阴⑥。

作者

曾几，字吉甫，号茶山居士，南宋诗人。曾几学识渊博，勤于政事。其诗多抒情遣兴、唱酬题赠，风格淡雅。

注释

①赤日：烈日。
②兰若（rě）：指林中寂静之处，也指寺庙。
③茅茨（máo cí）：茅草屋。
④炎蒸：暑热熏蒸。
⑤如许：如此，这么多。
⑥分阴：指极短的时间。

译义

炎炎夏日什么时候才能过去呢?凉风都无处可寻了。天气炎热,我无心读书,任由书卷散漫摊开。消暑的瓜果在井水里沉浮。僻静的森林寂静无声,茅屋就在那森林深处。天气炎热至此,用珍惜光阴来勉励自己也无济于事。

赏析

这首诗将酷暑炎炎的情境表现得淋漓尽致。烈日当空,清风不再,为接下来无心读书和冰镇消暑水果做好了铺垫。颈联中"兰若""茅茨"两个词又在烈日之中透出一种与世隔离的空灵,于是引发了尾联对时光流逝的感慨。

最是一年天热时

节气：大暑

时间：7月22、23或24日

大暑，二十四节气中的第十二个节气。

大暑，"大"字意味着暑气已经达到了顶点，夏季当中最热的时候已经来临。大暑也意味着三伏天的正式到来。到了大暑，人们会去比较凉爽的地方避暑，也会吃一些对身体有益的食物，有一种说法是"冬吃萝卜夏吃姜"。无论怎样，这个最热的时节过去之后，秋天的脚步也就越来越近了。

大暑雨如金

大暑的时候，农作物的长势都很好，但是旱灾、涝灾、风灾等问题也相对较多。正所谓"小暑雨如银，大暑雨如金"，对于棉花一类需水量较大的作物，在这个时节，农民就要更加注重灌溉。

送大暑船

在浙江沿海地区,有一项隆重的大暑习俗,名为"送大暑船"。在大暑之前,人们赶造出大暑船,并在船上放上香案、神龛、供品等。

在大暑这一天,人们抬着大暑船沿街行进,街道两旁鞭炮齐鸣,站满祈福人群。大暑船运送至码头后,人们举行一系列祈福仪式。之后,这艘大暑船被放入海中,趁着落潮,渐渐远离海岸,漂向远方。

沿海渔民十分看重这项活动,他们既是为了欢聚,也是祈求出海平安。

喝暑羊

　　山东一些地方在天气最热的时候，有喝羊汤的习惯，被称为"喝暑羊"。伏天里喝热汤，和"冬吃萝卜夏吃姜"是一个道理。根据中医理论，热天吃一些热性的食物对身体有益。

夏日农事

诗经·豳（bīn）风·七月（节选）
[先秦] 佚名

七月流火，八月萑（huán）苇。蚕月条桑，取彼斧斨（qiāng），以伐远扬，猗（yī）彼女桑。七月鸣鵙（jú），八月载绩。载玄载黄，我朱孔阳，为公子裳。

这是《七月》中的一段内容，《七月》反映了百姓一年四季的劳动生活，涉及衣、食、住、行各个方面，作者对一年四季的农事也如数家珍。请你阅读这篇诗歌的其他部分，了解一下夏日的场景和农事，也感受一下农人的艰辛吧。

一叶知秋

愁,心上立秋

暑气渐渐散去,气温开始下降,秋天就这样悄无声息地来了。萤火虫感受了周遭的凉风,隐去了踪迹,枕席之间的凉气也蔓延开来。

原文

立秋日

[宋] 刘翰

乳鸦①啼散②玉屏③空,一枕新凉④一扇风。
睡起秋声无觅处⑤,满阶⑥梧叶⑦月明中。

作者

刘翰,宋朝人,字武子(一说武之),家在长沙,客居临安,常将自己的诗作呈给范成大等人,但诗词成就并不突出。

注释

①乳鸦:小乌鸦。
②啼散:一边鸣叫一边四散飞走。
③玉屏:精美的屏风。
④新凉:逐渐而来的清凉。
⑤无觅处:无处寻觅。
⑥满阶:满满地散落在石阶上。
⑦梧叶:此处指飘落的梧桐叶。

译文

小乌鸦鸣叫着四散飞开,唯有精美的屏风空荡荡地留在原地。枕席之间渐渐有了凉意,恍若有人在身边扇风一般。睡时听到了萧瑟的秋风之声,醒来却只看到落满梧桐叶的石阶与皎洁的月光。

赏析

本诗最精妙的一点就是展现了一种"无声胜有声"的情景。立秋时节,不直接写天凉风大,而写枕席有了凉意,树叶也落了一地,一种清凉、静谧的氛围油然而生。

一叶知秋

节气:立秋

时间:8月7、8或9日

立秋,二十四节气中的第十三个节气。

立秋,意味着夏天已经过去,秋天到来。古人有"一叶知秋"的说法,意思是看见一片落叶就知道秋天的来临。不过,立秋并不意味着气温马上就会大幅度下降。

立秋晴一日,农夫不用力

有一句农谚说"立秋晴一日,农夫不用力",意思就是在立秋这段时间,如果天气都比较晴好的话,那么,对于农作物来说就不会是坏事。不过立秋之后会有"秋老虎",很多地方可能出现强降雨,因此,要十分注意旱涝问题。

秋社

立春和立秋后会有社日,分别是"春社"和"秋社"。

什么是"社"呢?古时候,人们把土地神和祭祀土地神的地方、日子、祭礼都称为"社"。"社稷"一词常用来指代国家,这里的"社"就是指"土地神","稷"就是指"谷神"。

春社时敬拜土地神,是为祈求丰收;秋社时敬拜土地神,是为答谢丰收。

贴秋膘

 进入秋天,很多地方都有"贴秋膘"的说法。这大概是因为夏天天气太过炎热,很多人都有食欲不振的问题,身体就会消瘦。到了秋天,天冷了,人就需要胖一些、壮一些,才能抵御逐渐寒冷的天气。这个时候,大家就开始大口吃肉。人们最朴素的想法就是多吃肉才能补充营养,把夏天流失的能量都补回来。

忧愁的滋味

丑奴儿·书博山道中壁

[宋] 辛弃疾

少年不识愁滋味,爱上层楼。爱上层楼,为赋新词强说愁。
而今识尽愁滋味,欲说还休。欲说还休,却道天凉好个秋。

请你仔细阅读这首词,感受一下词中的情绪和氛围,为什么很多时候我们会将秋天与愁绪联系在一起?

处暑：花落，夜寒

立秋的愁，是对处暑时节花落的不舍，是对寒气袭来的惆怅，也是对曾经热闹、繁华的夏季逐渐远去的伤感。不过，秋天也是丰收的好时节。

原文

清平乐
[宋] 晏殊

金风①细细，叶叶梧桐坠。绿酒②初尝人易醉。一枕小窗浓睡。
紫薇③朱槿④花残。斜阳却照阑干。双燕欲归时节，银屏昨夜微寒。

作者

晏殊，字同叔，抚州临川人，精于诗、词、散文，生平著述丰富，以词最为突出，有"宰相词人"之称。他继承并发展了"花间派"和冯延巳的典雅流丽词风，开创了北宋婉约词风，语言清丽，声调和谐，独具特色。

注释

①金风：秋风。古人将四季与方位、五行相对应，西方为秋而主金，故称秋为金秋，秋风便被称为"金风"。
②绿酒：美酒。
③紫薇：紫薇花，在夏秋少花的季节开放。
④朱槿：也叫扶桑，落叶灌木，可供观赏。

译文

秋风微微吹拂，梧桐叶飘摇而下。小酌几杯美酒，刚开始喝就有了醉意。倒头睡去，一夜酣眠。

紫薇花、朱槿花在渐浓的秋意里凋残。斜阳映照在栏杆上，燕子将要南归，唯剩屏风独立，昨夜微寒。

赏析

秋风、梧桐、紫薇、朱槿、斜阳、双燕、绿酒、小窗、阑干、银屏，这些都是很普通的意象，但经词人妙手，以精致的笔调绘出，再以主人公的行为和情态连缀起来，便含蓄地表达了淡淡的忧伤，具有雍容典雅之态。

物候记

暑气终结

节气：处暑
时间：8月22、23或24日

处暑，二十四节气中的第十四个节气。

"处"有终结的意思，"暑"则代表暑气，"处暑"合起来就是暑气终结。处暑之后，气温开始发生明显的变化，蒸腾的暑热之气开始消散，空气变得凉爽，有些地方气温还会突降。

处暑与农事

处暑前后，南方很多地区都处在收割中稻的农忙时节。水稻收割之后还要晾晒，农民伯伯会做抢收抢晒的工作。北方处暑以后的降雨明显减少，因此农民伯伯就会做蓄水保墒（shāng）的工作。

祭祖和放河灯

农历七月十五的中元节正好在处暑前后,人们为了寄托对已故亲人的哀思,会在河边放河灯。这个习俗流传至今,人们一般会把河灯做成荷花造型,在花蕊位置放入灯油或蜡烛,点燃河灯后让它们随水漂流。

古时候,人们还会在中元节这一天用丰收的粮食祭拜祖先,而这个习俗也流传了下来,现在很多地方的人会在这一天为已故的亲人摆上一些酒水、果品等。

处暑吃鸭

处暑时节,很多地方都有"处暑吃鸭"的习俗。吃鸭子的好去处非南京莫属。南京的鸭子有很多花样,如盐水鸭、板鸭、金陵烤鸭等。做法不同,口感不同,都很美味。南京人不只处暑这天吃鸭子,隔三岔五都会吃一顿,可以说是对鸭子爱得深沉了。

树叶开始泛黄

  临近秋天的时候,请你留意一下自己身边的人,看看他们是在什么时候把短袖换成了长袖。当一些户外植物的叶子开始泛黄,你是否也随之感受到了渐渐袭来的凉意?

金风"白露"一相逢

"金风玉露一相逢,便胜却人间无数。"金秋的露珠,带着淡淡的温柔和伤感,浸润着人们的心田。

原文

鹊桥仙
[宋] 秦观

纤云弄巧①,飞星传恨②,银汉③迢迢暗渡。金风玉露④一相逢,便胜却人间无数。

柔情似水,佳期如梦,忍顾鹊桥归路。两情若是久长时,又岂在朝朝暮暮。

作者

秦观,字少游、太虚,号淮海居士。其诗、词、文皆工,尤以词著称。词属婉约派,内容多写男女情爱,颇多伤感之作。

注释

①纤云弄巧:云彩在空中变幻成各种模样。
②飞星传恨:流星传递相思之愁。
③银汉:银河。
④金风玉露:秋风白露。金风,秋风;玉露,白露,秋日的露水。

译义

云彩变幻，流星传递着相思的愁怨，银河邈远也要千里来相见。在秋风白露的时节相遇，便胜过人间无数的长相厮守。

柔情似水，佳期如梦，分别时不忍回首看那鹊桥。只要情感真的真诚美好，即使终年天各一方，也比天天相见、你侬我侬可贵得多。

赏析

《鹊桥仙》这一词牌，常以牛郎织女的传说为题材。秦观这首词也是如此，通过描写牛郎和织女七夕相会的故事，赞美了坚贞的爱情。

白露勿露身

节气：白露

时间：9月7、8或9日

白露，二十四节气中的第十五个节气。

白露，是个非常美丽的节气名称，之所以得此名，是因为这个时候天气转凉，夜间空气中的水汽会凝成露珠，附着在花草树木上，早晨的阳光一照，晶莹剔透，惹人喜爱。民间有"处暑十八盆，白露勿露身"的说法，处暑的时候还可以每天洗澡，白露的时候就已经不能露胳膊露腿了，要注意保暖，防止受冻感冒。

蔬菜丰盛的时节

白露过后，天气越来越凉爽，昼夜温差越来越大，很多地方清晨、午间、夜晚的温差也会比较明显。这个时节有很多蔬菜成熟，如胡萝卜、莲藕等。

祭禹王

治水英雄大禹被太湖的渔民称为"水路之神"。所以,为了祈祷捕捞季丰收,太湖两岸的渔民有在白露时节祭拜大禹的传统。

据清代乾隆年间的《太湖备考》记载,祭祀禹王一般为七天,其中前三天祭拜神,接下来三天酬谢神,最后一天举办送神仪式。

在祭拜禹王时,人们会许愿把开渔之后捕捞的第一条肥鱼敬献给禹王,以求太湖风平浪静,自己能有个好收成。在祭祀禹王的七天内,太湖中央的小岛就成了盛大的庙会,千帆罗列,商船云集。渔民们还会请戏班来岛上排演折子戏,既是酬神,也是娱乐。

白露茶

　　白露时节,茶树进入生长加速期,加上雨露滋润,这时的茶口感好,泡茶时会有一种特殊的清香。这种茶被称为"白露茶",很受南方老茶客的喜爱。

露水的形成

露水是夜晚或者清晨的时候,我们在户外看到的一些小水珠。请你查阅资料,看看露水是如何形成的呢?

秋分时,桂花香

当露水滴落在桂花上的时候,似乎连露珠儿也带上了桂花香。又是一个八月十五的晚上,月儿格外明亮。

原文

十五夜望月
[唐] 王建

中庭①地白②树栖鸦③,冷露无声湿桂花。
今夜月明人尽望,不知秋思落谁家?

作者

王建,字仲初。王建以乐府诗著称,多从不同角度反映社会矛盾和民生疾苦。其诗语言通俗明快,凝练精悍,与张籍的乐府古诗并称"张王乐府"。

注释

①中庭:庭院。
②地白:地上一片银白。
③树栖鸦:鸦鹊已经栖息树上安眠。

译文

月光在庭院中洒了一地银白,鸦鹊栖息在树上安然进入梦乡。清冷的露水打湿了桂花。今夜月色明亮,众人都在仰望。不知道秋思之情又落在了谁的家中。

赏析

诗人以"望月"二字贯通全篇,前两句写中秋月色,后两句写望月怀人,表达对友人的思念之情。诗人从写景起,以抒情结,将景物以形象化的文字笔笔绘出,在朴素真挚的语言中,情思自然流露。

一秋之分

节气:秋分

时间:9月22、23或24日

秋分,二十四节气中的第十六个节气。

理解"秋分",要从这个"分"字上来看,我们可以理解为"一季之分"和"一天之分"。一季之分的意思是,如果将秋季一分为二,那么,过了秋分,就表示秋天已经过去一半了;一天之分的意思是,昼夜之分均等,白天和黑夜的时间在这一天一样长。

一场秋雨一场寒

俗话说"一场秋雨一场寒",冷空气与暖湿空气相遇,就会出现降雨现象,而在几场降雨之后,冷空气的影响会更加明显,气温也就越发低了。秋分之后的小半个月是秋熟作物的关键时期,要做好相关工作。

中秋的月饼

相传,中秋吃月饼的习俗始于唐朝。有一次,唐太宗与群臣欢度中秋时,手上拿着一个吐蕃商人进献的圆饼。唐太宗一手拿饼,一手指月,笑道:"应将胡饼邀蟾蜍。"这里的"蟾蜍"指传说中月宫里的蟾蜍,代指月亮。之后,唐太宗和很多人分吃了这块饼,从此就有了中秋吃月饼的习俗。

还有一个关于月饼的传说,认为吃月饼始于元朝末年。相传,朱元璋当时正联合各路反抗力量准备起义,但如何联系大家是一个难题。这个时候,军师刘伯温想出了一个办法,他让人把纸条藏入"月饼"里面,再派人分头传送到各地起义军的手中,而纸条上面写着的讯息就是——"八月十五夜起义",以此通知他们在八月十五日晚上起义。

秋分吃秋菜

岭南地区有秋分时节吃秋菜的习俗,这里的"秋菜"指的是一种野苋菜。这种菜长得细长嫩绿,当地人将它们采回去后,根据自己的口味,或直接炒熟了吃,或和鱼片一起做成汤,这种汤称为"秋汤"。

秋来花开

秋天到了,天气冷了,桂花、石蒜等都开花了。当秋分过去之后,请观察一下你的周围,都有哪些动植物发生了变化?

人比花瘦在寒露

寒露来临,花儿越发瘦了。无数花儿在冷风中枯萎、坠落,只留下了一点残香。

原文

醉花阴
[宋] 李清照

薄雾浓云愁永昼,瑞脑①消金兽②。佳节又重阳,玉枕纱厨③,半夜凉初透。

东篱把酒黄昏后,有暗香盈袖。莫道不销魂,帘卷西风,人比黄花④瘦。

作者

李清照,号易安居士,是婉约派的代表人物。李清照早期词清新婉丽,写少女的明快生活与婚后的相思情意,南渡之后词风大变,多悲叹身世、感怀国事,格调深沉而感伤。

注释

①瑞脑:冰片。
②金兽:兽形铜香炉。
③纱厨:纱帐。
④黄花:菊花。

译文

薄雾渐起,浓云低垂,阴沉沉的天气使人愁肠百转,我只能独自看着香炉里香料的袅袅青烟出神。又是一年重阳佳节,睡在纱帐之中的枕席上,夜半时分凉意袭来,冰凉透骨。

黄昏后在东篱饮酒,衣袖之间都是淡淡香气。不要说此情此景不令人感伤,秋风卷动帘子,人比风中菊花更为消瘦。

赏析

《醉花阴》写于李清照婚后的某个重阳节,丈夫远行,她独自在家,离情、相思、秋愁一齐涌上心头。"人比黄花瘦"是全篇最精彩之笔,以花比人,贴切地表现了词人的思念之深。

露珠以上，霜气未满

节气：寒露

时间：10月7、8或9日

寒露，二十四节气中的第十七个节气。

白露、寒露、霜降，这三个节气十分紧密地联系在一起，因为它们都表示水汽凝结的状态。白露时已经可以看到露珠了。霜降，顾名思义就是可以看见霜了。寒露则是介于两者之间的状态，温度比白露更低，也更接近于冷霜凝结的环境。

寒露收获季

寒露后，我国很多地区的温度已经很低，秋熟作物的收割工作也已经完成。对于已经收割的作物，农民需要及时做好脱粒、翻晒工作，以防天气状态出现反复，影响粮食入仓。

今又重阳

农历九月初九是我国的传统佳节——重阳节。

关于重阳节的起源,可以追溯到汉朝。相传,每年九月初九,皇宫里的人就要佩茱萸、饮菊花酒,这是为了祈求延年益寿、身体康健。因为重阳节中的"九九"与"久久"同音,九在个位数中又是最大的,有长久、长寿的含义,此外秋季也是一年收获的黄金季节。

这本来是皇宫中的庆祝活动,传说汉高祖刘邦死后,他的爱妃戚夫人被吕后残害,一个姓贾的宫女因卷入这起事件而被逐出宫外,就将宫里的习俗带入了民间。

民间庆祝重阳节的活动在漫长的岁月中逐渐变得丰富多彩,一般包括出游赏景、登高远眺、观赏菊花、遍插茱萸、吃重阳糕、饮菊花酒、对弈等。

1989年,我国把每年的九月初九定为老人节,重阳节也就成了尊老、敬老、爱老、助老的节日。

喝一碗冰糖银耳雪梨汤

　　秋天的时候,很多人会出现干燥、上火的症状,如皮肤干燥、咽喉发干。这个时候,我们可以做一碗梨汤,把梨洗干净,切片,加上冰糖、银耳、枸杞等,慢慢熬煮,等梨片和银耳十分软烂时就可以盛出来,一碗冰糖银耳雪梨汤就做好了。

何为秋愁

一剪梅

[宋] 李清照

红藕香残玉簟秋。轻解罗裳,独上兰舟。云中谁寄锦书来?雁字回时,月满西楼。

花自飘零水自流。一种相思,两处闲愁。此情无计可消除,才下眉头,却上心头。

请你阅读这首词,感受一下秋季的凉意,以及在这种环境中我们容易产生的"秋愁"。

霜降蝶也愁

天气越来越冷，直到有一天，花儿上覆盖了一层白，叶儿上覆盖着一层白，窗儿上也覆盖着一层白，这便是霜降时节了。

原文

南乡子·重九涵辉楼呈徐君猷
[宋] 苏轼

霜降①水痕收②。浅碧鳞鳞③露远洲。酒力渐消风力软，飕飕。破帽多情却恋头。

佳节若为酬③。但把清樽断送秋。万事到头都是梦，休休。明日黄花蝶也愁。

作者

苏轼，字子瞻，又字和仲，号东坡居士，世称苏东坡，眉州眉山（今属四川）人，北宋文坛巨匠，诗、词、文皆精，"唐宋八大家"之一。

注释

①霜降：霜降时节。
②水痕收：水位下降。
③鳞鳞：波光粼粼的样子。
④若为酬：如何应付。

译义

霜降时节，水位下降。河水清浅碧绿，波光粼粼，露出河中沙洲。酒意渐渐消退，风也柔和下来，却仍有飕飕凉意。帽子陈旧却多情，不肯被风从头上吹落。

佳节怎么过呢？也就只好喝喝酒，暗送秋意。万事到头都如同一场梦。罢了，罢了。来日菊花凋残，蝴蝶也会有愁怨吧。

赏析

本词描写了霜降时节的场景，水位下降，沙洲露出，这是写景。主人公酒意消退，站在冷风之中，这是写人。愁肠百转，万事成空，花残物悲，无可奈何，这是写情。

白露为霜

节气：霜降

时间：10月22、23或24日

霜降，二十四节气中的第十八个节气。

霜降，可以直接理解为霜气降临。在经历了白露、寒露之后，天气迎来了"白露为霜"的变化。霜气的到来意味着秋季已经走向了尽头，更为肃杀的冬天即将来临。

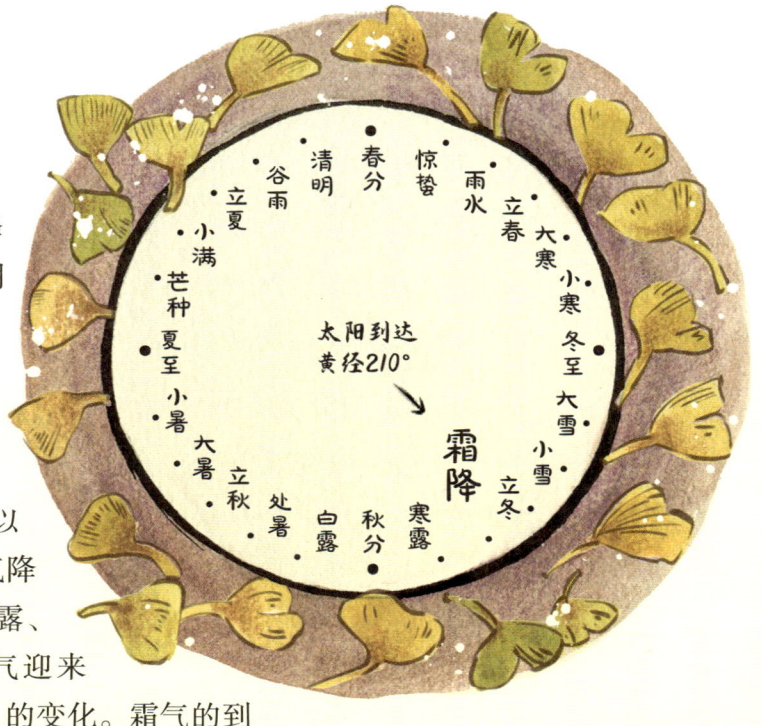

天冷了，要护着农作物

霜降之后，天气愈发冷了，这个时候要注意"霜冻"。因为气温突然降低，土壤和作物会被冻结，容易造成伤害，同时，农民也要做好其他作物的播种和田间管理工作。

青女与红枫

民间传说中,有一位主霜雪的女神,名为青女。有一年,她为了驱邪除污,来到人间,落在一座山峰之上,面对逐渐衰颓的大地开始抚琴。随着琴声的响起,霜雪纷纷扬扬飘落大地,不久之后,天地之间都被霜雪覆盖,唯见白茫茫的一片,一切不洁也随之消失。

在节气文化之中,有这样一位女神,可见中国文化的浪漫。

同样浪漫的还有诗人对霜降的描述,杜牧在诗中写道:"霜叶红于二月花。"这里的霜叶指的就是经历过霜气而逐渐变红的枫叶,比二月的春花还要红艳,可以想象霜降后赏枫也是一件美事。

冻柿子,吸着吃

在北方地区,人们会在霜降之后摘下柿子,冷冻后再拿出来,咬开一个小口子直接吸食。冻柿子香甜可口,水分充足,再加上价钱并不昂贵,可以说是一种物美价廉的水果。

霜气和霜冻

请你翻阅相关资料,了解一下什么是"霜气",它的形成原因有哪些,再了解一下"霜冻"现象以及它的形成原因。想一想,这两个概念有什么相同点和不同点。

相约在冬季

立冬,山寒水冷

冷霜来了,意味着冬天不远了。黄色的残叶也好,红色的枫叶也罢,都在萧瑟的秋风中飘零。

原文

立冬
[明] 王稚登

秋风吹尽旧庭柯①,黄叶②丹枫③客里④过。
一点禅灯⑤半轮月,今宵寒较昨宵多。

作者

王稚登,明代文学家、书法家,少年时期便有才名。他博学多艺,善诗文,布衣终生。

注释

①庭柯:庭院中的树木。
②黄叶:枯黄的树叶。
③丹枫:红色的枫叶。
④客里:离乡在外。
⑤禅灯:寺庙的灯火。

译文

秋风吹过庭院中的老树。我客居在外,只有这满目的枯叶、红枫与我为伴。寺庙里一点灯火,天上是半轮弯月。今夜的寒气比起昨天来,又更重了一些。

> 赏析

这首诗描绘出了秋末冬初的景象。前三句写景，枯叶、红枫、弯月、禅灯，描绘了一幅孤独凄清的画面。最后一句直接点明了从秋天到冬天，越来越寒冷的天气情况。

冬天来了

节气：立冬

时间：11月7或8日

立冬，二十四节气中的第十九个节气。

"立"冬，也就是冬天开始的意思。正所谓"秋收冬藏"，农作物在秋天迎来了丰收，在冬天的时候就要好好储藏。冬天是一个安静的季节，没有春天万物的欣欣向荣，也没有夏季的百花齐放，更没有秋天丰收的喜悦。冬天是沉静的，等待着万物复苏。

该收的收，该种的种

我国幅员辽阔，因此冬季在不同地区的表现也不一样，这就导致了不同地区的耕种要因地制宜。比如，东北地区的温度低，作物已经收获，土壤就进入了越冬休眠期。南方沿海地区则相对温暖潮湿，水分和气候状况仍然适合栽种作物。

绍兴黄酒

绍兴黄酒驰名中外,它呈琥珀色,味道醇香,存放时间越长口味越醇。

据说绍兴黄酒的开酿时间就选在立冬时节。因为立冬时天气变冷,气温变低,这时发酵的黄酒会有独特的风味。

现代著名文学家鲁迅先生就是浙江绍兴人,他笔下的酒店是这样的:"鲁镇的酒店的格局,都是当街一个曲尺形的大柜台,柜里面预备着热水,可以随时温酒。做工的人,傍午傍晚散了工,每每花四文铜钱,买一碗酒。"

立冬补冬

  我国一些地区有"立冬补冬"的习俗,到了立冬这一天要吃牛肉、羊肉、鸡肉、鸭肉、鱼肉等,做成菜或者煲汤都可以。立冬时节天气变冷,吃一些进补的食物可以为身体补充能量,一碗热乎乎的美味也可以让身体暖起来。

感受冬夜

南乡子·冬夜
[宋] 黄昇

万籁寂无声,衾铁棱(léng)棱近五更。香断灯昏吟未稳,凄清。只有霜华伴月明。

应是夜寒凝,恼得梅花睡不成。我念梅花花念我,关情。起看清冰满玉瓶。

这是一首写冬夜的词作。仔细感受一下作者对冬天夜晚的描写,是否与你的现实生活相吻合呢?从秋天走到冬天,你觉得周遭最明显的变化是什么?

邂逅小雪,能饮一杯无

冬天来了,它并非来得悄无声息,而是裹挟着寒风,让人明确感知到它的降临。在越来越冷的空气中,过往行人纷纷裹紧衣领,加快了脚步。

原文

问刘十九
[唐] 白居易

绿蚁①新醅酒②,红泥小火炉。
晚来天欲雪③,能饮一杯无④?

作者

白居易,字乐天,号香山居士。唐代杰出的现实主义诗人。他在文学上倡导新乐府运动,主张"文章合为时而著,歌诗合为事而作",在艺术上以通俗平易著称。

注释

①绿蚁:新酿酒未滤清时,酒面浮起酒渣,色微绿,细如蚁,被称为"绿蚁"。
②新醅(pēi)酒:新酿熟的酒。
③雪:下雪。
④无:犹"否"。

译文

红泥小火炉上温着新酿的酒。天色渐晚,一副将要下雪的样子,要在我这里喝上一杯吗?

> 赏析

　　这首诗没有直接写天冷,而是先设置了一个温酒的场景。或许正是小雪时节,天空阴沉快要下雪的模样。诗人邀好友小酌几杯,寥寥数语,对朋友的热情邀约跃然纸上。

小雪，不是真的下雪

节气：小雪

时间：11月22或23日

小雪，二十四节气中的第二十个节气。

节气中的"小雪"和我们常在天气预报中听到的"小雪"是不一样的。节气中的小雪只是一个气候概念，表现的是一种气候状态，代表已经达到了降雪的条件，或者已经出现了细小的降雪，并未下大雪或有积雪。

小雪雪满天，来年必丰年

民间有一种说法是"小雪雪满天，来年必丰年"，意思是小雪时节要是真的下雪的话，第二年肯定有个好年成。因为这个时候下雪，说明来年的雨水情况可能不错，雪对土壤还有一定的保温作用，此外，低温的情况也可以减轻虫害问题。

糍粑的传说

南方一些地区有小雪时节吃糍粑的风俗。糍粑,是一种将蒸熟的糯米捣烂成泥状的食物,可以做成甜食,也可以做成咸食。

关于糍粑,民间有很多传说。相传,伍子胥在楚国受到羞辱,之后便投奔了吴国。他真心诚意辅佐吴王夫差,也希望吴国能够成为一方霸主。但是,吴王性情喜怒无常,身边又有很多只知道阿谀奉承和进谗言的奸臣小人。伍子胥自知自己的性格会得罪很多人,以后可能会被吴王厌弃。于是有一天,他对旁人说:"我自知不会有好结果,如果有一天老百姓受灾受饿,就去城门外掘地三尺。"此后,伍子胥果然如自己预料的一般,受到了小人陷害,被吴王厌弃,最终身亡。

后来,吴国遭灾,饿殍百里,有人忽然想起了伍子胥曾经说过的话,于是就去城门外掘地三尺,发现那里城基的砖竟然是用熟糯米压制的。人们挖出这些糯米块并重新蒸食,很多人因此活了下来。

腌腊肉

　　小雪之后，气温急剧下降，这为腌制腊肉提供了适宜的环境。腊肉，就是将腌制过后的肉放在火上烘烤或者在太阳下暴晒，从而制成的肉。经过这样处理的肉可以长时间保存，口味咸香。在湖广四川一带，腊肉是一道十分受欢迎的菜肴，做法多样，滋味不同。

下雪了，下雪了

当天气变得寒冷之后，很多地区都会下雪。请你查阅一下相关资料，思考一下，为什么会下雪？雪到底是什么？它的形成过程需要什么环境条件？

大雪夜归人

大雪节气，我们望向窗外，地上和河面都结冰了。在越来越寒冷的冬日，大家约上三五好友，一同去滑冰吧。

原文

逢雪宿芙蓉山主人
［唐］刘长卿

日暮①苍山②远，天寒白屋③贫。
柴门闻犬吠④，风雪夜归人。

作者

刘长卿，字文房，唐朝著名诗人。工于五言，擅长五律，自称"五言长城"。其作品简练清秀又蕴含深意，五言律诗尤为著名，七言律诗也不乏佳句。

注释

①日暮：天色渐晚。
②苍山：青山苍茫。
③白屋：房顶用白茅覆盖的屋子。
④犬吠：狗叫。

译文

日头落下，苍山渐渐显得渺远。天寒之时，茅屋显得越发破旧。柴门外忽然传来狗叫声，或许是寒夜之中有人冒着风雪回家吧。

> **赏析**

　　这首诗描绘了诗人在旅途中遭遇风雪,夜宿山中人家的情景。从前两句的狂风暴雪、苍山白屋,到后两句的柴门启闭、犬吠骤起,恰如电影镜头徐徐推移,由远拉近、从静转动、由冷转暖,勾勒出了一幅"风雪夜归人"的图卷。

白雪飘飘

节气：大雪

时间：12月6、7或8日

大雪，二十四节气中的第二十一个节气。

相对于小雪来说，大雪时节的气温更低，降雪的可能性更大。有些地方出现了降雪，甚至是暴雪。同时，河流开始进入冰封期，北方一些地方的河面甚至已经结成十分厚实的冰块了。

保温要及时

这个时候，无论是否降雪，天气都已经十分寒冷。对于蔬菜、果木等农民需要做好保温工作，还要注意施肥、松土等一些田间管理工作。这个节气到来后，黄河流域开始出现冰冻现象。

冰嬉

大雪过后，银装素裹，河流冰封，有一项颇具历史的活动就要开始了。

冰嬉，也被称为"冰戏"，相当于现在的滑冰。在古代，冰嬉是一项在宫廷和民间都十分受欢迎的娱乐活动，活动主要有冰上舞龙、抢球等。冰上抢球时，两队穿着不同颜色的衣服，列队准备好，等到发球后，两队人马就开始互相抢夺。有人抢到球了，就把球扔出去，开始下一轮的争夺战。

当时，冰嬉的人脚上穿的是走冰鞋。满族人曾经穿过一种制作起来十分简单的走冰鞋，就是将铁片或者铁条固定到一块木板上，再将木板绑到自己的鞋上。

今天，滑冰运动早已成为一项广受欢迎的大众体育运动。

小雪腌菜,大雪腌肉

在南京地区有一句俗语,叫作"小雪腌菜,大雪腌肉"。腌肉和腊肉的做法不同,腌肉首先要将盐、花椒等各种调料放在锅中炒热,等到放凉了之后,再将它们涂抹在肉上进行腌制。

腌肉和腊肉一样味道鲜美,易于保存。

冰冻的河流

你的家乡处于中国的哪个地区呢?到了冬天,你家乡的景物会发生哪些变化?如果你家乡有河流的话,它会是什么状态呢?是已经冰封还是继续流淌?请你仔细观察一下,最好能够记录下来。

冬至的夜

"数九寒天"即将开始,让我们在物候的轮回流转中,从容地等待春天的到来吧。

原文

邯郸①冬至夜思家

[唐] 白居易

邯郸驿②里逢冬至,抱膝③灯前影伴身。
想得家中夜深坐,还应说着远行人④。

作者

白居易,字乐天,号香山居士。唐代杰出的现实主义诗人。他在文学上倡导新乐府运动,主张"文章合为时而著,歌诗合为事而作",在艺术上以通俗平易著称。

注释

①邯郸:今河北邯郸。
②驿:驿站。
③抱膝:以手抱膝而坐的样子。
④远行人:远行在外的人,此处指作者自己。

译文

独自居住在邯郸驿站,正好赶上了冬至。以手抱膝,坐在灯前,只有影子陪伴自己。想来家人们正相聚在一起,可能还会谈到我这个远行在外的人吧。

> **赏析**
>
> 　　这首诗描写了冬至夜晚诗人孤身在外的景象。前两句实写自己孤身一人的苦闷,后两句虚写家人团圆谈论自己的场景。冬至本来应该是阖家团圆的时候,而对于诗人这个客居他乡的人来说,团圆却只能存在于想象中。

阳气开始生发

节气：冬至

时间：12月21、22或23日

冬至，二十四节气中的第二十二个节气。

冬至这一天，是一年中北半球的白昼最短的一天，且越往北走，白昼越短。相传，周朝时，冬至是新年的开始，现在人们也把冬至称为"小年"。冬至意味着阳气开始生发了，春天即将到来。

加强冬作物管理

在冬天的低温环境下，人们要做好作物的保暖和水分滋养工作。即便在这样的环境下，也有可能出现虫害问题，这就要求人们做好土壤疏松，加强冬作物的管理。

冬至大如年

冬至,俗称"冬节",在古代是很隆重的节日。古人有"冬至大如年"的说法。在中国传统的阴阳五行理论中,冬至是阴阳转化的关键节气,冬至之后,白昼就会变得越来越长,阳气回升,节气开始循环。

冬至这个节日有非常悠久的历史,经过了数千年的发展后,冬至形成了独特的节令饮食文化。

在江南地区,吃汤圆是冬至的传统习俗。汤圆是一种用糯米粉制成的圆形甜品,在我国的传统文化中,"圆"意味着"团圆""圆满",冬至吃汤圆又叫"冬至团",民间有"吃了汤圆大一岁"之说。"冬至团"可以用来祭祖,也可用于互赠亲朋。古人有诗云:"家家捣米做汤圆,知是明朝冬至天。"

冬至到,吃水饺

在北方很多地方,冬至吃饺子是一项传统习俗。传说,医圣张仲景曾在冬天看到很多人冻坏了耳朵,他于心不忍,就将羊肉和驱寒的药材包在面皮里,做成耳朵的形状,煮给大家吃。众人吃了之后,果然身体舒服了很多。之后,每逢冬至,大家就包这种耳朵形状的面团吃,后来人们称之为"饺子"。

哈出的白气

在寒冷的冬天,我们在户外说话会哈出白气。等到冬天的温度足够低的时候,请你在室外做一下这样的试验,思考一下,为什么会有这样的现象?

小寒冷风来

"热在三伏,冷在三九",小寒之后,一年之中最冷的时候就要到了,一定要做好防寒保暖的工作啊。

原文

浣溪沙
[宋] 苏轼

元丰七年十二月二十四日,从泗州刘倩叔游南山。

细雨斜风作晓寒,淡烟疏柳媚①晴滩。入淮清洛渐漫漫②。

雪沫乳花③浮午盏④,蓼茸⑤蒿笋试春盘。人间有味是清欢。

作者

苏轼,字子瞻,又字和仲,号东坡居士,世称苏东坡,眉州眉山(今属四川)人,北宋文坛巨匠,诗、词、文皆精,"唐宋八大家"之一。

注释

①媚:使……美好。
②漫漫:形容水浩大的样子。
③雪沫乳花:煎茶之时浮上来的泡沫。
④午盏:午茶。
⑤蓼(liǎo)茸:嫩蓼菜。

译文

细雨丝被风吹斜,清晨起来天气寒冷。烟雾清淡、冬柳稀疏,让初晴的沙滩更显美好。洛水清澈,渐渐汇入淮河,水势也浩大起来。

午间煮上一盏茶,茶汤上飘着如雪如乳的茶沫,春盘里盛着美味的蓼菜蒿笋。人间颇有滋味,这滋味便在清淡的欢愉中。

> **赏析**

小序中这阕词的具体写作时间是"十二月二十四日",正是寒冬腊月,苏轼初到泗州,与新近交识的刘倩叔游于南山。由景到人,饮茶吃饭,自然之中颇显闲适,最后一句"人间有味是清欢"广为流传。

寒冷的开始

节气：小寒

时间：1月5、6或7日

小寒，二十四节气中的第二十三个节气。

在我国，有"三九寒冬""数九隆冬"的说法，从冬至开始往后数九天，被称为"一九"，再往后数九天，被称为"二九"。依次类推，一直数到第九个九天，也就是"九九"，人们普遍认为到了这个日子，天气就会变暖了。小寒的时间差不多在"三九"时期。

热在三伏，冷在三九

冬至时天气开始变冷，小寒是最冷时节的开始，此后的大寒则是冷到极致的时间段。所以，民间有一种说法就是"热在三伏，冷在三九"，在这段时间，蔬菜一类的作物要注意阳光的照射，不要阻碍了植物的光合作用。同时，也要及时做好除雪工作。

腊八节

进入小寒之后就是腊月了,在腊八这天,我国很多地方都有喝腊八粥的风俗。关于腊八节和腊八粥的起源,民间还有很多故事。

传说,当年朱元璋落了难,被关在监牢里受苦。当时正值寒天,又冷又饿的朱元璋从监牢的老鼠洞里刨找出一些红豆、大米、红枣等五谷杂粮,把这些东西熬成了粥,因那天正是腊月初八,朱元璋便称这锅杂粮粥为"腊八粥",美美地享用了一顿。后来朱元璋平定天下,做了皇帝,为了纪念在监牢中那个特殊的日子,他就把那一天定为腊八节。

还有一种说法是,腊八是为了纪念岳飞。传说当年岳飞领兵抗击金人大军,正是天寒地冻时节,军队里粮饷不够,将士们只能忍饥挨饿。附近老百姓看了,于心不忍,于是家家户户都献出了一些粮食。将士们吃了这些粮食混合煮成的粥,十分感动,英勇杀敌,最终大获全胜。而这天正是腊八。岳飞被害后,人们为了纪念他,便在这天以杂粮煮粥,称为"腊八粥"。

143

小寒吃羊肉，大寒吃萝卜

　　小寒来了，天气冷了，为了给身体补充热量，人们常常吃些羊肉。羊肉既能滋补身体，又能帮人们抵御寒冷，在寒冬时节，炖上一锅羊肉，吃羊肉，喝羊汤，再搭配一些萝卜、山药，既美味，又健康。

夏天的雪

你有没有听过这样一些奇怪的话,如"胡天八月即飞雪""六月飞雪"。在我们的常识里,下雪一般都发生在冬季,为什么在六月、八月会出现飞雪呢?请你查阅一下相关资料,思考一下这个问题。

大寒：无风自寒

否极泰来，寒极必暖。大寒节气到了，春天还会远吗？

原文

山中雪后
【清】郑燮

晨起开门雪满山，雪晴云淡日光寒。
檐流未滴①梅花冻，一种清孤②不等闲。

作者

郑燮（xiè），字克柔，号板桥。清代书画家、文学家，"扬州八怪"之一。工诗词，描写民间疾苦颇为深切。作品有《板桥全集》。

注释

①檐流未滴：指屋檐上的冰柱未融化。
②清孤：清高孤傲。

译文

清晨起来推开门，看到大雪已覆满山头。此时雪过天晴，透过淡淡的云影，仿佛连阳光也变得寒冷了。屋檐上的冰柱还没有融化，院落里的梅花枝条仍被冰雪凝冻。这样清冷孤傲的气氛，是多么不同寻常啊！

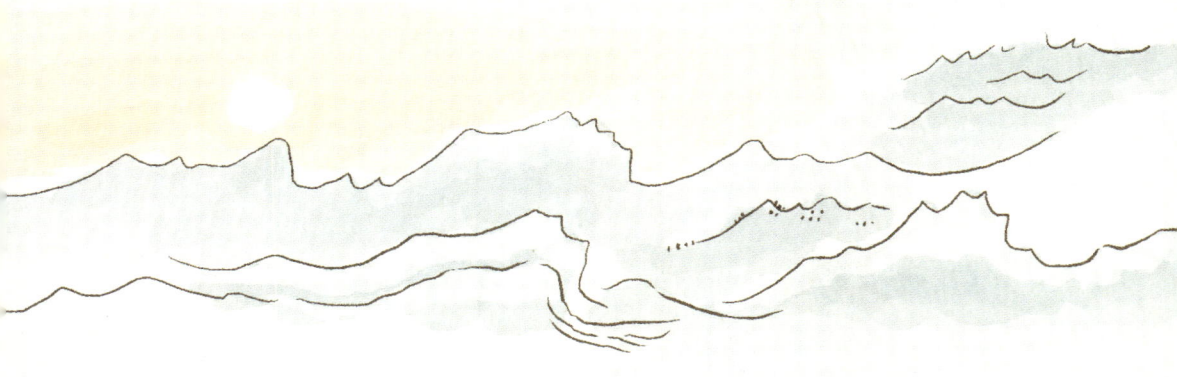

> **赏析**
>
> 　　这首诗描绘了一幅冬日山居雪景图。全诗看似状物写景,实则是触景生情。在描摹这壮美的雪景图背后,隐藏着诗人内心的孤寂和高洁的品质。

白茫茫一片大地

节气:大寒

时间:1月19、20或21日

大寒,二十四节气中的最后一个节气。

大寒,相对小寒来说,天气更加寒冷。寒潮持续南下,很多地方开始下大雪,甚至出现了冰天雪地、银装素裹的景象。

大寒之后就是立春。新的一年,新的轮回开始了。

天冷要防害

大寒时节,作物基本已经收割完毕。所以,这时农民就要及时清理土壤,去除杂草和田间可能出现的鼠害。老百姓相信,大寒时节的天气情况也预示着来年的丰收与否,所以有农谚说"大寒不寒,人马不安",大寒如果不冷的话,那么大家就要开始担心来年的耕作了。

迎灶神

大寒期间,很多地方有祭灶的习俗,也就是迎灶神。

灶神,就是厨房之神。在我国古代的传统文化中,灶神、门神、厕神等都是十分值得尊重的神灵。

据说,灶神不仅掌管厨房饮食,同时还能观察善恶,他身边有两个随从,分别捧着一个罐子,名为"善罐""恶罐"。这样,灶神就可以将凡人的言行记录下来,报给天庭,裁定此人是非。

老百姓祭灶其实是为了祈祷好运。祭灶的时候,他们会献上供奉,多为甜的和黏牙的东西,比如麦芽糖、芝麻糖、花生糖等。民间说法认为灶神吃了甜的东西,将自己的情况上报天庭的时候,就不会恶言恶语。

糯米饭

很多地方有大寒吃糯米饭的习俗,人们会将糯米、红枣、薏米等蒸熟,再加上糖汁或蜂蜜,撒上桂花,就做成了美味的糯米饭。

梅花时节

玉楼春
[宋]李清照

红酥肯放琼苞碎,探著南枝开遍未。不知酝藉(jiè)几多香,但见包藏无限意。

道人憔悴春窗底,闲拍阑干愁不倚。要来小酌便来休,未必明朝风不起。

这首《玉楼春》是描写梅花的作品。梅花是在寒冬凛然开放的花朵。请你想一想,为什么文人都喜欢赞美梅花?它有什么令人称道的品格呢?

跟着古诗词
看中华文明

清 宣 —— 编著
豆豆鱼绘制 —— 绘

藏在古诗词里的中华民俗

石油工业出版社

图书在版编目（CIP）数据

跟着古诗词看中华文明．藏在古诗词里的中华民俗／清宣编著；豆豆鱼绘制绘．—北京：石油工业出版社，2023.1

ISBN 978-7-5183-5148-0

Ⅰ．①跟… Ⅱ．①清… ②豆… Ⅲ．①古典诗歌—诗歌欣赏—中国—少儿读物 Ⅳ．① I207.2

中国版本图书馆 CIP 数据核字（2022）第 018616 号

跟着古诗词看中华文明．藏在古诗词里的中华民俗

选题策划：艾　嘉
责任编辑：曹秋梅
出版发行：石油工业出版社
　　　　　（北京市朝阳区安华里二区 1 号楼　100011）
网　　址：www.petropub.com
编 辑 部：（010）64523559
图书营销中心：（010）64523649
经　　销：全国新华书店
印　　刷：三河市嘉科万达彩色印刷有限公司

2023 年 1 月第 1 版　　2023 年 1 月第 1 次印刷
710 毫米 ×1000 毫米　　开本：1/16　　印张：37
字数：330 千字
定价：158.00 元（全四册）

（如发现印装质量问题，我社图书营销中心负责调换）
版权所有，翻印必究

目 录

本书体例说明 / IV

节日之声

除夕：辞旧迎新 / 2

春节：又是一年春来到 / 8

上元：看一场火树银花 / 14

清明：听风听雨过清明 / 20

端午：看龙舟竞渡 / 26

七夕：天上有情，人间有爱 / 32

中秋：千里共婵娟 / 39

重阳：风有茱萸香 / 45

大美礼仪

定情：花在手，人在心 / 52

订婚：有媒有聘 / 58

出嫁：新妇做羹汤 / 64

娶妇：娶心爱的姑娘 / 70

丧事：十年生死两茫茫 / 76

祭祀：愿神明保佑好光景 / 82

待客：蓬门今始为君开 / 88

送别：离别满心伤 / 94

雅致生活

衣物：人靠衣装 / 102

梳妆：悦人更悦己 / 108

品茶：何处寻茶圣 / 114

饮酒：何以解忧，唯有杜康 / 120

集市：赶集有故事 / 126

狩猎：彰显男儿本色 / 132

游船：误入藕花深处 / 138

歌舞：为君歌一曲 / 144

声乐：昆山玉碎凤凰叫 / 150

◎ 本书体例说明 ◎

诗词：中国文化之花

德国诗人荷尔德林说："人充满劳绩，但还诗意地安居于大地之上。"

中国文学家林语堂也说："在中国，生活的艺术，与绘画、诗，合而为一。"

人活着，除了生存，还需要美。而诗歌之美具有别样芬芳。

古老的中国，是诗词的国度。

翻开中国的古诗词，我们可以窥见隐藏在文字背后的历史和文化，例如二十四节气的故事、不同时代的民俗风情、山川楼宇的历史与文化内涵、旧时名物的故事……

这是一套什么样的书

除夕：辞旧迎新

月穷岁尽，除旧布新。除夕，是年尾最重要的日子，漂泊外地的游子都会赶回家乡，与家人欢聚一堂，在爆竹声中辞旧岁，用笑语欢歌迎新春。

※开头引言

本书中，每一个小节都有引言。
引言如预告，将这一小节的内容提前播报。

原文

除夜①宿②石头驿③
[唐]戴叔伦
旅馆谁相问？寒灯独可亲。
一年将尽④夜，万里未归人。
寥落⑤悲前事，支离笑此身。
愁颜与衰鬓⑥，明日又逢春。

※原文内容解读

原文内容解读部分包括原文、作者、注释、译文、赏析五个部分。

原文：原汁原味展示古诗词。

IV

作者

　　戴叔伦，字幼公（一作次公），唐代诗人。其诗体裁多样，题材丰富，侧重表现隐逸生活和闲适情调。

作者：作者简介，了解创作者的思想、创作风格、人们对他的评价等。

注释

①除夜：除夕之夜。
②宿：住宿。
③石头驿：在今江西省境内。
④将尽：将要完结，此处指一年的最后一个夜晚。
⑤寥落：冷落悲凉。
⑥衰鬓：衰败的两鬓，此处指作者自觉衰老沧桑。

注释：为生僻字注音，并对部分字、词、句进行注释，为读者扫除阅读障碍。

译文

　　在这个旅馆之中谁又会来慰问我呢？只有一盏清冷的油灯可以亲近陪伴。一年的最后一个夜晚就要过去了，我还是那个与家相隔万里的不归人。想起往事就倍觉冷落悲凉，孤单一人，只能无奈地嘲笑一番自己。愁容满面，两鬓斑白，明天又迎来了一个新春。

译文：白话译文，帮助读者清晰理解原文内容。

赏析

　　这首诗寥寥数语便写出了诗人在除夕之夜孤身一人，客居他乡的无限惆怅和凄凉。

赏析：深入解读作者的创作思想，以及原文的内涵，强化读者对原文的理解。

Ⅴ

※一套四册，各有不同的知识板块设计。

《藏在古诗词里的二十四节气》中有"××读诗/词""物候记""农时农话""闲话风俗""食物恋""互动拓展"；

《藏在古诗词里的中华民俗》中有"风物记""闲话民俗""生活志"；

《藏在古诗词里的名胜古迹》中有"在路上""历史与传说""璀璨风情"；

《藏在古诗词里的古代名物》中有"考工记""名物拾零""名物故事"。

这些板块中有历史文化常识，还有生动的故事，寓教于乐，让知识更有趣。

除夕守岁

除夕，又称大年夜、除夕夜等，是每年农历腊月（十二月）的最后一个晚上，也叫"大年三十"。人们在除夕通宵守夜，这种行为称为"守岁"。

春节联欢晚会

"春节联欢晚会"，全称是"中央广播电视总台春节联欢晚会"，简称"春晚"，是除夕夜千家万户都会看的节目，里面的演出精彩纷呈。"春晚"第一次正式举办的时间是1983年。除夕夜，中央电视台多个频道都会对"春晚"进行直播，之后的正月还会重播。

压岁钱的由来

传说，在古时候，有一只怪兽名叫"祟"，它喜欢在大年三十的夜里跑到人们家中，看到谁家有孩子，就去摸他们的头。被摸了头的孩子第二天就会生病发烧，完全查不到病因，严重的还会变得痴傻。所以，老百姓特别害怕、痛恨祟，但是又找不到好法子让祟远离孩子们。

吃饺子

饺子是中国的传统美食，它有各种各样的馅儿。过年的时候，有些人家习惯现做、现煮、现吃，吃多少做多少；有些人家会发动全家一起包饺子，一次性多做一些冻起来，整个正月都够吃。

※ **精美插图**

经典文字搭配精美插图，图文共赏。

图文搭配，强化视觉审美，同时，通过图片可以强化读者对知识点的记忆。

送财神

中国人的一个理想就是天下太平、安乐富贵。所以，在中国的传统文化中，财神爷十分受欢迎。除夕这天，很多地方都有人"送财神"，其实就是售卖财神爷的画像，一般被送到的人家是不会拒绝的。人们买下价格不贵的财神画像，以此表达对未来美好生活的期望与祝福。

为何要阅读本书

读诗词，品流彩华章；
读诗词，享文化精粹；
读诗词，养性灵气质；
读诗词，悟天人之理。
小朋友们，让我们一起品味诗词之美吧。

节日之声

除夕：辞旧迎新

月穷岁尽，除旧布新。除夕，是年尾最重要的日子，漂泊外地的游子都会赶回家乡，与家人欢聚一堂，在爆竹声中辞旧岁，用笑语欢歌迎新春。

原文

除夜①宿②石头驿③
[唐] 戴叔伦

旅馆谁相问？寒灯独可亲。
一年将尽④夜，万里未归人。
寥落⑤悲前事，支离笑此身。
愁颜与衰鬓⑥，明日又逢春。

作者

戴叔伦，字幼公（一作次公），唐代诗人。其诗体裁多样，题材丰富，侧重表现隐逸生活和闲适情调。

注释

①除夜：除夕之夜。
②宿：住宿。
③石头驿：在今江西省境内。
④将尽：将要完结，此处指一年的最后一个夜晚。
⑤寥落：冷落悲凉。
⑥衰鬓：衰败的两鬓，此处指作者自觉衰老沧桑。

译文

在这个旅馆之中谁又会来慰问我呢?只有一盏清冷的油灯可以亲近陪伴。一年的最后一个夜晚就要过去了,我还是那个与家相隔万里的不归人。想起往事就倍觉冷落悲凉,孤单一人,只能无奈地嘲笑一番自己。愁容满面,两鬓斑白,明天又迎来了一个新春。

赏析

这首诗寥寥数语便写出了诗人在除夕之夜孤身一人,客居他乡的无限惆怅和凄凉。

除夕守岁

除夕,又称大年夜、除夕夜等,是每年农历腊月(十二月)的最后一个晚上,也叫"大年三十"。人们在除夕通宵守夜,这种行为称为"守岁"。

春节联欢晚会

"春节联欢晚会",全称是"中央广播电视总台春节联欢晚会",简称"春晚",是除夕夜千家万户都会看的节目,里面的演出精彩纷呈。"春晚"第一次正式举办的时间是1983年。除夕夜,中央电视台多个频道都会对"春晚"进行直播,之后的正月还会重播。

压岁钱的由来

传说,在古时候,有一只怪兽名叫"祟",它喜欢在大年三十的夜里跑到人们家中,看到谁家有孩子,就去摸他们的头。被摸了头的孩子第二天就会生病发烧,完全查不到病因,严重的还会变得痴傻。所以,老百姓特别害怕、痛恨祟,但是又找不到好法子让祟远离孩子们。

有一对夫妇老来得子,对这个孩子十分爱护。到了大年三十,这户人家给了孩子八个铜钱玩儿。孩子玩累了,就把铜钱随手放在了枕头边上。

这晚,祟正好来到这户人家,正当祟打算摸这个孩子的头时,枕边的八个铜钱忽然发出一道光芒,把祟吓跑了。于是这户人家把这个法子告诉了其他人。自此以后,祟就不再出现了。

后来,人们把大年三十给孩子的钱称为"压祟钱",因为"祟"和"岁"同音,所以就逐渐称为"压岁钱"了。

吃饺子

饺子是中国的传统美食,它有各种各样的馅儿。过年的时候,有些人家习惯现做、现煮、现吃,吃多少做多少;有些人家会发动全家一起包饺子,一次性多做一些冻起来,整个正月都够吃。

送财神

  中国人的一个理想就是天下太平、安乐富贵。所以,在中国的传统文化中,财神爷十分受欢迎。除夕这天,很多地方都有人"送财神",其实就是售卖财神爷的画像,一般被送到的人家是不会拒绝的。人们买下价格不贵的财神画像,以此表达对未来美好生活的期望与祝福。

春节：又是一年春来到

百节"年"为首，春节是中华民族最隆重的传统佳节。在这一天，一家老少团聚在一起，吃喜欢的菜肴，发喜庆的红包，说吉祥的话语。又是一年春来到，真好！

原文

元日[①]

[宋] 王安石

爆竹声中一岁除[②]，春风送暖入屠苏[③]。
千门万户曈曈[④]日，总把新桃换旧符[⑤]。

作者

王安石，字介甫，北宋著名文学家和政治家，善诗文，为"唐宋八大家"之一。晚年退居江宁（今江苏南京）城外半山园，自号半山。

注释

①元日：农历正月初一，即春节。
②除：去除，送走。
③屠苏：一种用屠苏草浸泡而成的药酒，古时在农历正月初一喝屠苏酒以求辟邪、延寿。
④曈（tóng）曈：太阳初升时光亮耀眼的样子。
⑤新桃、旧符：桃符。古代风俗，农历正月初一这一天，人们把两块分别写着神荼、郁垒两位神灵名字的桃木板挂在大门左右两侧以辟邪，每年换一次。

译义

在爆竹声中一年又过去了,人们在暖和的春风中饮用屠苏酒。家家户户都沐浴在阳光中,用新的桃符替换旧的。

赏析

整首诗描写了大年初一辞旧迎新的热闹氛围,提到了燃放爆竹、饮屠苏酒、更换桃符等节日习俗。同时,诗人还在诗中表达了自己在政治上革除弊端、改革创新的愿望。

春节

春节又称"过年",狭义上指农历正月初一,广义上包括正月初一至正月十五这十五天。春节是中华民族最隆重的传统佳节。古时候,人们一年到头都在忙碌,春耕、夏耘、秋收、冬藏,只有到了腊月农闲时节,收获了一年辛勤劳动的果实,才能好好休息。这时候,大家就欢聚一堂,走亲访友,品尝美食,游戏娱乐,兴高采烈地过大年。

扫尘

俗话说"二十四,扫尘日",实际上每年从农历腊月二十三起,到年三十这段时间,一家人无论老少都会帮忙打扫卫生。关于大扫除,有一种说法是"新的一年,除旧迎新",即希望自己家在新的一年干干净净、顺顺利利。这也是对新生活的一种美好期望。

年兽的故事

春节,为什么又叫"过年"?

据说,古时候曾经有一只怪兽,名叫"年",大家都叫它年兽。它有时候会从山里跑出来骚扰附近的人家,咬死山下人养的牲畜,破坏他们的庄稼。为此,老百姓苦不堪言。

后来,有人发现,年不喜欢噪音,也不喜欢红色,它一听到大的声响,一看到红色的东西就会跑开。

受此启发，家家户户就都贴上红纸，或者挂上红布，还点燃爆竹。年兽来到村子里，发现所经之处一片火红，并且都有爆竹的声音，它就吓得马上跑开了。

从此以后，人们为了防止年兽再来捣乱，每年都会贴对联、挂红灯笼、燃放爆竹。后来，这些事情慢慢就变成了过年的习俗。

购置年货

一般在春节前十天左右，人们会开始采购年货，包括鸡鸭鱼肉、茶酒油酱、南北炒货、糖果物品等，还要准备一些走亲访友时赠送的礼品。与此同时，大人也会为小孩子添置新衣物，准备过年时穿。

新年道贺

　　新年里，人们会给长辈拜年祝寿，会给孩子压岁钱，并且常说一些类似"恭贺新禧""恭喜发财""新年快乐""过年好"之类的吉利话，表达美好的祝福。这就是新年道贺。

上元：看一场火树银花

伴随着春节的欢声笑语，上元节的灯笼也亮了起来。在灯火的映照下，那些舞着龙灯、猜着灯谜、吃着汤圆的人们，满脸都是笑意。

原文

正月十五日夜
[唐] 苏味道

火树①银花②合，星桥③铁锁开。
暗尘④随马去，明月逐人来。
游伎皆秾李⑤，行歌尽落梅⑥。
金吾⑦不禁夜，玉漏⑧莫相催。

作者

苏味道，初唐政治家、文学家，与李峤并称"苏李"。

注释

①火树：指形状像树的灯架，点燃后形似火树。
②银花：指灯如明艳的花朵。
③星桥：星津桥，借指京师之桥。
④暗尘：马驰过扬起的灰尘。
⑤秾李：以桃李的浓艳，比喻女子美丽的容颜与服饰。
⑥落梅：汉乐府曲调名《梅花落》。
⑦金吾：仪仗队，此处指掌管京城治安的禁卫军。
⑧玉漏：精致华美的计时漏壶。

译文

彩灯错落,迸射出来的缤纷光焰如同花朵。城内四通八达,城门大开。马儿跑过,蹄子溅起尘土。明月升起,照亮路上的人们。歌姬们都打扮得花枝招展、浓艳美丽,高唱着《梅花落》。京城今日取消了宵禁,那么玉漏就不要催促着人们尽快度过这个美好的夜晚了。

赏析

农历正月十五是我国的传统佳节——元宵节。诗中描写了盛世之时长安城中元宵之夜的热闹景象。

正月十五元宵节

元宵节的名字是怎么来的呢？原来，正月是农历的元月，古人称夜为"宵"，正月十五又是一年中第一个月圆之夜，所以称其为"元宵节"。

上元节

元宵节也称"上元节"。上元夜是新年第一次月圆夜，有一元复始之意。上元节，又被称作"灯节"，因为在这天夜里，民间有张灯观赏的风俗。过灯节时，还有一项历史悠久又有趣的益智游戏，就是"猜灯谜"，也叫"打灯谜"。节日这天，会有专人把谜语写在纸条上，再把纸条贴在五光十色的彩灯上供人猜，有时猜得多的人还能拿到丰厚的奖品。

元宵姑娘

汉朝时有一位足智多谋的大臣,名叫东方朔,他很受汉武帝喜欢。

传说,有一天,东方朔在宫中听到哭声,寻声而去,遇见了一个名叫元宵的宫女,询问得知这个宫女进宫多年,都不曾回家看过父母姐弟。她想着,这辈子怕是没办法与家人相见了,心里难受,就哭了起来。

东方朔安慰了这个宫女,承诺想办法帮助她。于是,他就去了长安大街,装作一个算命先生,给每一个人卜的卦都是"正月十六有大火焚身"。于是,玉帝要在正月十六降下天火的事情很快就在坊间传开,一时间闹得人心惶惶。汉武帝听闻这个事情,就找来众大臣商议。东方朔对汉武帝说:"这是火神君要降临的征兆。听说火神君爱吃糯米丸子,下臣听闻陛下宫中有一宫女,刚好擅长

做糯米丸子，不如让她做了来供奉火神君，再让长安百姓在正月十五那天张灯结彩，点燃烟花爆竹。这样既供奉了火神君，又瞒过了玉帝，岂不两全其美？"

汉武帝觉得这个办法很好，于是就让元宵做了糯米丸子；长安城的老百姓也听命张灯结彩，一时间长安城里热闹非凡。而元宵的家人也来到了长安城观灯，并与元宵顺利相聚。

吃元宵

我国民间有元宵节吃元宵和汤圆的习俗，一般是南方人吃汤圆，北方人吃元宵。元宵和汤圆的做法不同：汤圆是用糯米粉做皮，再包入馅儿，揉成球状；元宵则是先做好馅儿，再把馅儿放到倒有江米粉的筛子中滚动，让馅儿粘上江米粉越滚越大，逐渐形成球状。所以做元宵和汤圆时，通常说的是"滚元宵"和"包汤圆"。

歌曲《卖汤圆》

《卖汤圆》这首歌曾被很多歌手传唱过。它的歌词朗朗上口，富有生活情趣："卖汤圆，卖汤圆。小二哥的汤圆是圆又圆，一碗汤圆满又满，三毛钱呀买一碗。汤圆汤圆卖汤圆，汤圆一样可以当茶饭。嘿——嘿哟！……卖汤圆，卖汤圆。小二哥的汤圆是圆又圆，一碗汤圆满又满，三毛钱呀买一碗。汤圆汤圆卖汤圆，公平交易可以包退换。嘿——嘿哟！……卖汤圆，卖汤圆。小二哥的汤圆是圆又圆，要吃汤圆快来买，吃了汤圆好团圆。汤圆汤圆卖汤圆，慢了一步只怕要卖完。嘿——嘿哟……"

清明：听风听雨过清明

清明一到，天朗气清，阳光明媚，草木萌动，百花盛开。人们在阵阵春风中，扫墓祭祖，踏青郊游。

原文

风入松
[宋] 吴文英

听风听雨过清明，愁草瘗①花铭。楼前绿暗分携路，一丝柳、一寸柔情。料峭②春寒中酒③，交加晓梦啼莺。

西园日日扫林亭，依旧赏新晴。黄蜂频扑秋千索，有当时、纤手香凝。惆怅双鸳④不到，幽阶一夜苔生。

作者

吴文英，字君特，号梦窗，晚年又号觉翁，南宋词人。其词作数量丰沃，风格雅致，多酬答、伤时与忆悼之作，有"词中李商隐"之称。

注释

①瘗（yì）：埋葬。
②料峭：略微寒冷。
③中（zhòng）酒：喝醉了酒。
④双鸳：女子的绣花鞋，此处代指一个女子。

译文

我听着风雨交加的声音，独自一个人过清明节。将落花埋葬之后，我满怀愁绪地写瘗花铭。楼前那片柳叶深绿浓密的地方是我们曾经的分别之地。一缕柳丝，留下一寸柔情。在春寒之中，我饮酒后有些微醺，拂晓之时似乎在梦中听到了莺儿的鸣叫。

西园的亭台林木，我每天都清扫，想着还可以在这里欣赏初晴的美景。秋千之上总有黄蜂停飞，怕不是有当时美人纤纤素手留下的芳香。因美人不来而惆怅万分，那幽静的台阶上一夜之间便长满了青苔。

赏析

这首词是一首怀人之作。词中的西园在吴地，既是作者与情人的居所，也是两人分别之地，诸多悲欢离合在此上演，对词人来说意义重大。

清明节

清明节一般都在每年的4月4日至6日之间。现在很多人认为清明节的活动主要是扫墓。其实不然。

清明节也叫踏青节,"踏"的意思是踩踏,"青"的意思是青草地。这个时候风和日丽、春色无边,碧绿的青草已经长成,正好适合出门郊游。

扫墓

扫墓,是祭奠逝者的一种活动。扫墓时,人们一般要携带酒食果品等祭品到墓地,然后将它们供奉在墓前,同时还会在墓前以烧纸钱或者献花等方式表达对逝者的哀思。

介子推和文公宴

清明节前两日或一日，其实也是我国的一个传统节日，名为寒食节。"寒食"就是冷食的意思，也就是说过去在寒食节这天只能吃冷食。

据说，春秋时期，晋国公子重耳曾逃亡在外，有次饿得差点儿晕倒，一个叫介子推的臣子割了大腿肉给他充饥。之后，重耳回晋国继位，成了后来的晋文公，而介子推则选择了隐居山林。晋文公很想请介子推出山，但几次邀请都被介子推拒绝了。最后，迫不得已的晋文公想了个"火计"，在介子推藏身的山林三面放火，留了一面给介子推做逃生出口，没想到介子推和他相依为命的母亲却因此葬身火海。晋文公知道后非常自责，于是下令往后的这一天都不许生火，以这种特殊的方式来纪念介子推。

相传三年后，晋文公带着群臣来到山上祭拜介子推。介子推有一个邻居，见到国君这些年来都不曾忘了介子推，心中十分感动。于是，他特意去请了一个当时的名厨，专门为晋文公一行人准备了一顿十分丰盛的宴席。晋文公和群臣享用完宴席后，觉得这些菜肴十分美味，吃过之后就难以忘怀，群臣最终议定将宴席命名为"文公宴"。

放风筝

风筝，也称"纸鸢""纸鹞"等。放风筝是我国人民在清明节时最喜爱的活动之一。古时候，放风筝既是一种娱乐活动，又是一种巫术行为，人们认为放风筝可以带走晦气。所以很多人在清明节放风筝时，会将知道的灾病都写在风筝上，等到风筝高飞时，就剪断风筝线，让它随风飘逝，象征着自己的疾病、晦气都被带走了。

青团的"绿汁"

我们都知道,一些地区的清明节美食是青团,青团之所以是绿色的,是因为加入了艾草做成的汁液。艾草具有强烈的香气,它不仅可以食用,还可以做染料,既可以给食物"染色",又可以给布料染色。

端午：看龙舟竞渡

端午时节一到，河中竞渡的龙舟，外加空气中弥漫的粽子芳香，仿佛都在展现节日的美好。

原文

减字木兰花·竞渡
[宋] 黄裳

红旗高举，飞出深深杨柳渚①。鼓击春雷，直破烟波远远回。
欢声震地，惊退万人争战气。金碧楼西，衔得②锦标③第一归。

作者

黄裳，字勉仲，号演山，北宋词人。其词明丽清澈，作品收录于《演山词》中。

注释

①渚：水中小洲。
②衔得：夺得。
③锦标：彩缎旗，一般悬挂在终点。

译文

高扬着红旗的龙舟，从柳荫深处的水中小洲处疾驰过来。人们的击鼓声如隆隆春雷，龙舟冲破水上的烟雾，飞一般朝着终点而去。

欢呼的声音震天动地，有惊退万人之争的豪气。金碧辉煌的楼台西面，领先者夺得了旌旗，胜利而归。

> **赏析**
>
> 　　以词表现民间龙舟竞渡的风俗,黄裳算是开了先河。词人通过对龙舟竞渡场景的细致描写,使词作一改柔媚婉转的格调,显得威武豪壮,热闹生动。

端午节

农历五月初五为端午节,又称端阳节、五月节。关于端午节的起源有几种说法,其中最广为人知的一个就是为了纪念屈原。端午节这天有很多有趣的习俗,如赛龙舟、吃粽子、喝雄黄酒、挂艾、佩香囊等。

粽子

粽子是端午节的传统食物。粽子的味道有咸、甜之分,甜口的粽子或包豆沙,或包红枣;咸口的粽子或包咸肉,或包香肠;还有一种是没有馅儿的粽子,可以直接蘸着白糖吃。

沈从文《边城》一书中关于赛龙舟的描写

端午日,当地妇女、小孩子,莫不穿了新衣,额角上用雄黄蘸酒画了个"王"字。任何人家到了这天必可以吃鱼吃肉。大约上午十一点钟,全茶峒人就吃了午饭,把饭吃过后,在城里住家的,莫不倒锁了门,全家出城到河边看划船。河街有熟人的,可到河街吊脚楼门口边看,不然就站在税关门口与各个码头上看。河中龙船以长潭某处作起点,税关前作终点,作比赛竞争。因为这一天军官税官以及当地有

身分的人，莫不在税关前看热闹。划船的事各人在数天以前就早有了准备，分组分帮各自选出了若干身体结实手脚伶俐的小伙子，在潭中练习进退。船只的形式，与平常木船大不相同，形体一律又长又狭，两头高高翘起，船身绘着朱红颜色长线，平常时节多搁在河边干燥洞穴里，要用它时，拖下水去。每只船可坐十二个到十八个桨手，一个带头的，一个鼓手，一个锣手。桨手每人持一支短桨，随了鼓声缓促为节拍，把船向前划去。坐在船头上，头上缠裹着红布包头，手上拿两支小令旗，左右挥动，指挥船只的进退。擂鼓打锣的，多坐在船只的中部，船一划动便即刻蓬蓬镗镗把锣鼓很单纯的敲打起来，为划桨水手调理下桨节拍。

熏艾和挂艾

端午节的时候，南方很多地方有熏艾或挂艾的习俗。据说古时候到了端午节这一天，不仅天气炎热，还有蚊虫、毒物出没。于是人们就用熏、挂艾草的方式驱虫避害。

喝雄黄酒

喝雄黄酒也是端午节的一个习俗,作用和熏艾草一样,也是驱虫避害。电视剧《新白娘子传奇》中让白蛇现出原形的就是雄黄酒。雄黄酒用白酒或黄酒制成,里面加入了雄黄磨成的粉末,有很好的解毒、杀虫功效。雄黄这种矿物质含汞,有一定毒性,但是雄黄酒中加入的分量不多,少量饮用一般不会造成实质性伤害。

七夕：天上有情，人间有爱

由于"牛郎织女"的爱情传说，七夕佳节早已在历史的长河中，慢慢演变为中国最具浪漫色彩的传统节日。

原文

西江月·新秋写兴
[宋] 刘辰翁

天上低昂①似旧，人间儿女成狂②。夜来处处试新妆，却是人间天上。

不觉新凉似水，相思两鬓如霜。梦从海底跨枯桑，阅尽银河风浪③。

作者

刘辰翁，字会孟，号须溪，南宋末年爱国词人。其一生致力于文学创作和文学批评活动，主要成就在词作方面，属豪放风格，受苏轼、辛弃疾等人影响颇深。

注释

①低昂：起起伏伏，此处指日月星辰的起落。
②狂：欢庆。
③银河风浪：此处指波折世事。

译文

天上的日月星辰，起起落落还是过去的模样，人间的男男女女却在今日大肆欢庆。夜晚一到，人人穿着新衣、打扮时尚，处处如同人间天堂。

忽然感到如水一般的秋凉，相思之情令人愁苦，两鬓斑白。我梦见自己阅尽了人世间的沧海桑田，也历经了人间无数的风雨波浪。

▌赏析

这首词上阕以浓重的笔墨描写人们在七夕佳节狂欢的景象。下阕表达了思念故国之情，不禁让人唏嘘感慨。

七夕女儿节

七夕节是农历七月初七,也被称为"乞巧节""女儿节"。旧时七夕,女孩们会在月下供奉一些花果来拜织女,希望织女能够传授给她们最好的女红技艺,这就是"乞巧"。

关于七夕的美好诗词

鹊桥仙
[宋] 秦观

纤云弄巧,飞星传恨,银汉迢迢暗度。金风玉露一相逢,便胜却人间无数。

柔情似水,佳期如梦,忍顾鹊桥归路。两情若是久长时,又岂在朝朝暮暮。

秋夕
[唐] 杜牧

银烛秋光冷画屏,轻罗小扇扑流萤。天阶夜色凉如水,坐看牵牛织女星。

迢迢牵牛星
[汉] 佚名

迢迢牵牛星,皎皎河汉女。纤纤擢素手,札札弄机杼。终日不成章,泣涕零如雨。河汉清且浅,相去复几许?盈盈一水间,脉脉不得语。

多版本的牛郎织女的故事

关于七夕,我们听到最多的或许就是牛郎织女的故事。可是你知道吗?关于牛郎织女的民间传说其实有很多个版本。

最常见的版本就是王母娘娘的女儿下凡来到人间,遇见了一个名叫牛郎的放牛青年,两人彼此爱慕,还结为伴侣,生下孩子。但是,仙凡相恋是天界禁忌,因此王母娘娘知道这件事后,便非常坚决地划了一道银河将他们分隔两岸。不过,念在二人情真意切,王母娘娘准许二人每年七夕在喜鹊搭成的鹊桥上见一面,以慰相思。

第二个版本是,住在天河之东的织女有着一手织布的好手艺,她每日都辛勤织布,从不知疲倦。织女是天帝的孙女,天帝怜惜织女每日勤恳却孤单,于是将她许配给了天河之西的牛郎。谁知道,两人每

日里你侬我侬，完全荒废了手头上的活计。天帝知道后十分生气，于是惩罚两人，让他们一年之内仅在七夕才得一见。

　　第三个版本是，牛郎是玉帝御前的金童，织女是玉帝的外孙女。后来，金童因为爱慕而调戏了织女，被贬人间成了牛郎；织女也因为一笑留情，被押送云锦宫终日织锦。后来，牛郎重返天界，再遇织女，被天帝赐婚。由于二人后来均荒废己业，终被惩罚分别，只于七夕才能相见。

喜蛛应巧

古时候,七夕这一天,女子会在庭院中摆上瓜果来拜月、拜织女。有一种很有意思的说法是,在庭院里摆上瓜果后,如果出现了蟢子(一种蜘蛛),并且在瓜果上面织网了,那么就说明祭拜时许的心愿可以应验。大家都把这样的情况当成一种好兆头。

穿针和投针

乞巧除了放瓜果，还有穿针和投针两种方式。关于穿针，据说有一种宫廷习俗是在七夕这天用五彩丝线穿九尾针，谁先穿完，谁就拔得头筹，算作得巧。

而投针有些类似穿针，但又不同，就是在七夕的白天，在太阳下放上一碗水，过一会儿再放上一根针，观察针在碗底的投影。影子好看，形成各种形状的算作得巧；针影若是笔直的一条，则算"乞巧"失败。

中秋：千里共婵娟

中秋佳节，有人团聚，也有人分离。对着中秋的月亮，离家的游子总会思绪万千：思念朋友，思念亲人，思念故乡。

原文

水调歌头
[宋] 苏轼

丙辰①中秋，欢饮达旦，大醉，作此篇。兼怀子由②。

明月几时有？把酒问青天。不知天上宫阙，今夕是何年。我欲乘风归去，又恐琼楼玉宇，高处不胜寒。起舞弄清影，何似在人间。

转朱阁，低绮户，照无眠。不应有恨，何事长向别时圆？人有悲欢离合，月有阴晴圆缺，此事古难全。但愿人长久，千里共婵娟。

作者

苏轼，字子瞻，又字和仲，号东坡居士，世称苏东坡。苏轼是北宋文坛巨匠，诗、词、文皆精。其词开豪放一派，是豪放之宗，与辛弃疾并称"苏辛"。

注释

①丙辰：指宋神宗熙宁九年（1076）。
②子由：指苏轼的弟弟苏辙，字子由。

译文

明月是什么时候出现的呢？我举起酒杯问苍天。不知道天宫之上，如今是什么年份？我想要乘风到天上看一看，又怕美玉般的天宫楼宇太高，使我禁不住那寒冷。我独自起舞，欣赏月下的影子，天上哪有人间自在。

月亮转过朱红色的楼阁，又徘徊在雕花的门窗上，照着难以入眠之人。明月不该怨恨人间，那为什么每逢有人离别却又月圆了呢？人间有悲欢离合，月亮有阴晴圆缺，这种事自古难以两全。只希望能平安久远，纵使相隔千里，也能共赏这美好月色。

赏析

这首词上阕着重描绘天上的情景，暗寓出世、入世的矛盾心理；下阕侧重写沐浴在月光中的人间景象，抒发了作者对宇宙人生的哲理性感悟。

中秋佳节

中秋节是我国四大传统节日之一,时间是农历八月十五,也被称为"八月节""仲秋节""拜月节"。受中华传统文化的影响,不仅中国过中秋节,东南亚、东亚的一些国家也过这个节日。

拜月节

据说古时候,中秋节这一天会举行比较正式的拜月仪式,也叫"祭月"。这晚,人们会摆上一张大桌案,案上放着月饼和水果等供品,其中水果供品中不可以缺少西瓜,西瓜还要被雕刻成莲花的形状。供品准备好后,一家人就要相继祭拜月亮了。

吴刚伐桂

  中秋节的月亮,据说是一年中最大、最亮的满月。当我们抬头看向月亮之时,会发现月亮上似乎有些阴影。我们现代人自然知道那些都是月亮上的环形山,但是在科技不发达的古代,不明所以的人们则对这些阴影进行了丰富而浪漫的想象。据说,月亮上有一处阴影像一个人和一棵树,故事就这样产生了。

传说，月亮上有一棵桂花树，十分高大。树下有一个人，名叫吴刚。他每天都会非常辛勤地砍伐桂花树，日复一日，年复一年，但是这棵树的新创口很快就会愈合，怎么也砍不倒。为什么会这样呢？相传吴刚是跟随一个仙人来到天上修仙的，由于犯了错误，就被关在月宫上砍一辈子的桂花树。

月饼

月饼是中秋节的传统美食，如果中秋节这天没有吃到月饼，总让人有些遗憾。现在有很多种口味的月饼，如五仁、豆沙、蛋黄莲蓉、枣泥等，甚至还有牛肉味的，近些年还加入了巧克力、抹茶等新口味。另外，冰皮月饼也是口感比较独特的一种新型月饼。

薄饼

　　南方一些地区，如湘西，人们在过中秋节的时候，还有吃薄饼的习俗。这种薄饼口感上比较像口味香甜的芝麻脆饼，或许是为了应和中秋节月圆人团圆的意头，这种脆饼也被做成了圆形，如人脸一般大。

重阳：风有茱萸香

九九重阳正值秋风送爽的时节，适合佩戴茱萸，登山远眺，祈福辟邪。

原文

九月九日忆山东①兄弟

［唐］王维

独在异乡②为异客，每逢佳节倍③思亲。
遥知兄弟登高④处，遍插茱萸⑤少一人。

作者

王维，字摩诘，唐代诗人，曾官至尚书右丞，故世称王右丞。王维中年居于蓝田辋（wǎng）川别墅，潜心修佛，过着半官半隐的生活，亦号"诗佛"。王维精通音律、佛学，工于诗画，早期写过一些边塞诗歌，后多作山水田园诗，与孟浩然并称"王孟"。

注释

①九月九日：农历的九月初九为重阳节。山东：指华山以东的蒲州，今山西省永济市，是王维的故乡，并非指现在的山东省。

②异乡：他乡。

③倍：更加，加倍。

④登高：民间在九九重阳节这一天有登高的习俗。

⑤茱萸：香气浓烈，又名越椒。古人有在重阳节佩戴茱萸的习俗。

译文

我独自客居他乡,每逢节日就更加思念亲人。遥想兄弟此时也在登高远望,大家必定都佩戴了茱萸,而人群中只少了我一个。

赏析

这首诗头两句开门见山,写重阳佳节思念亲人。后两句由自己思念亲人,转而想到亲人定然也会想念自己。感情有放有收,颇具韵律感。

重阳节

重阳节的时间是农历九月初九,因为两个"九"相重,所以也被称为"重九"。重阳节这一天的习俗很多,包括祭祖、登山、佩戴茱萸、喝菊花酒等。

重阳登山

重阳节这天属于仲秋时节,天朗气清,适合出游和登高。阳春三月时,人们将出游叫作"踏青",因为那时正万物生长、一片青葱;重阳节登高出游则被称作"辞青",因为这时将要万物衰败、绿色不再了。

重阳节的传说

据说汉朝时,汝河爆发了一场瘟疫,很多人都病倒了,人们却找不到病源。有个叫作桓景的年轻人出门探查,发现原来是汝河附近有一个瘟魔释放了瘟疫。

这个年轻人想要救受灾的老百姓,但是自知对付不了瘟魔,就上山去求告一位仙人。仙人被他的赤诚之心打动,让他跟在自己身边修习法术。桓景也不负所望,修习了一身好仙法。

有一天,仙人要桓景在九月初九下山去对付瘟魔,并给了他一把茱萸和一坛菊花酒,还嘱咐他告诉山下的老百姓登高避开瘟魔。桓景下山后,按照仙人的嘱咐将老百姓安置到了高山之上,让他们每人都戴一株茱萸,并拿着一杯菊花酒。安顿好之后,桓景就下山去找瘟魔了。

正在附近游荡的瘟魔闻到了一阵茱萸和菊花酒的气味,他不喜欢这个味道,想要逃走,恰与桓景相遇,便被桓景斩杀。

自此以后,重阳节登高、戴茱萸、饮菊花酒的习俗就这样流传了下来。

戴茱萸

茱萸类似端午的艾草,也有驱虫、祛毒、祛风邪的作用。民间认为佩戴茱萸就是图一个吉利,能够让人远离邪毒。另外,茱萸的草木香气非常独特,佩戴身上也能让人心情愉悦。

喝菊花酒

　　端午节喝雄黄酒，重阳节则喝菊花酒。据说古人认为菊花有延年益寿的功效，喝菊花酒也就慢慢成了重阳节期间驱灾求福的一种习俗。

大美礼仪

定情：花在手，人在心

古代男女如果两情相悦，就会彼此赠送一些小礼物，比如下面诗中的这对青年男女，就互送了对方一朵花。

原文

溱洧^①（节选）

[先秦] 佚名

溱与洧^②，方涣涣^③兮。士与女^④，方秉蕑^⑤兮。

女曰："观乎？"士曰："既且^⑥。""且^⑦往观乎！"洧之外，洵訏^⑧且乐。

维士与女，伊其相谑^⑨，赠之以勺药^⑩。

注释

①出自《诗经·郑风》。
②溱（zhēn）、洧（wěi）：郑国二水名。
③涣涣：河水解冻后的奔腾之貌。
④士与女：此处泛指男男女女。后文"士""女"则特指其中某青年男女。
⑤秉：执。蕑（jiān）：一种兰草。
⑥且（cú）：同"徂"，去，往。
⑦且：再。
⑧訏（xū）：广大。
⑨伊：发语词。相谑：互相调笑。
⑩勺药："芍药"，又名辛夷，一种香草，与今之木芍药不同。

译义

溱水与洧水,水波荡漾,流向远方。男男女女,手执兰草庆贺佳节。女子说,咱们去看看?男子说,我已去过了,但再去一趟又何妨?洧水对岸,广阔且热闹欢快。男子与女子结伴相游,边走边说笑,还互相赠送辛夷花。

赏析

这首诗洋溢着欢快的气息。阳春三月,河水清澈,一群男女在清洌的河水边有说有笑,一边嬉戏一边互赠礼物,气氛热烈而欢乐。

定情信物

在古代，男女双方中意彼此的时候，会互相赠送一些小礼物，一般都是随身的物品，包括玉佩、香囊、手钏（chuàn）等。这样做，既表达了自己的情意，也是想让对方记住自己。

同心结

同心结是一种传统的工艺品。它的花结相互紧扣，有"永结同心"的意思，象征着爱情，也代表着男女之间的相思之情。同心结在婚礼场合用得比较多，过去也有挑战传统的男女拿来做私下定情的物件。

红豆相思

"红豆生南国,春来发几枝。愿君多采撷,此物最相思。"王维的这首《相思》流传千古,使红豆成了人们思念情人的象征,人们也以赠送红豆表达情意。

关于红豆,还有这样一个故事。

传说,古时候有一位女子,她的丈夫被征召去边疆打仗。于是,她每天都会跑到村头的一棵树下,盼望着丈夫能够平安归来。

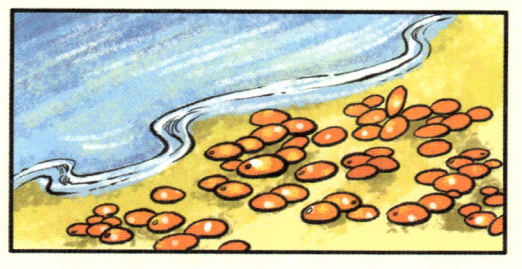

一天，有人来报信，说她丈夫已经战死沙场。听到这个消息后，她便日日以泪洗面，甚至流出了血泪，最后竟哭死在了等候丈夫归来的那棵大树底下。

从此以后，这棵树每到结果的季节，就会结出一颗颗鲜红的小果实，颜色如同鲜血一样。人们就将这种红色的果实称为"红豆"，而因为女子的故事，又将它称作"相思子"。

红叶传情

相传，有一个寂寞的宫女曾将一片写有心迹的红叶放到水中。后来，这片红叶随流水流到了宫外，被一个书生捡到。最后，两人阴差阳错地成了夫妻。红叶传情也由此成为一段佳话。

发簪定情

古代男女常用发簪作为礼物来定情,以表相思。《乐府诗集》的《有所思》中提到,"有所思,乃在大海南。何用问遗君,双珠玳(dài)瑁(mào)簪",这里的"双珠玳瑁簪"就是装饰着珍珠的玳瑁发簪。

订婚：有媒有聘

在古代，两人想要结为夫妻，既要有媒人，又要有聘礼。彼时讲究父母之命、媒妁之言，以结两姓之好，这样的婚姻才被认可。

原文

伐柯①

[先秦] 佚名

伐柯②如何？匪③斧不克。取④妻如何？匪媒不得。
伐柯伐柯，其则⑤不远。我觏⑥之子，笾豆⑦有践。

注释

①出自《诗经·豳风》。
②伐柯：采伐做斧头柄的木料。
③匪：通"非"。
④取：通"娶"。
⑤则：原则，方法。
⑥觏（gòu）：遇见。
⑦笾（biān）豆：笾，竹编的独足碗，古人用来盛果品；豆，木质有盖的独足碗，古人用来盛肉类。

译文

如何采伐做斧头柄的木料？没有斧子那就不行啊。如何迎娶妻子？没有媒人那就不行啊。

砍树做斧柄啊砍树做斧柄，这个方法近在咫尺。想见那个人的话，就设好酒席摆好宴。

赏析

《伐柯》是一首写古代婚恋礼俗的诗,这首诗运用了比喻的手法,用"伐柯"来比喻做媒。

媒人

在中国的婚姻传统中，媒人就是沟通男方与女方的中介人。在古时候，男女婚配，如果没有媒人的话，就不成规矩，也不被认可。媒人在男方和女方之间起到了一个调和矛盾、增进沟通的作用。

官媒

官媒也是媒人，不过这类媒人隶属于官方机构，也就是在官府当差。官媒的主要工作就是了解全国各地男女的生辰姓名，以便这些人到了适婚年龄可以进行婚配，旨在让没有妻子的男人能娶到妻子，让没有丈夫的女子能觅得良缘。

六礼

六礼是我国古代的婚姻礼仪,包括纳采、问名、纳吉、纳征、请期、亲迎六个步骤。

纳采,就是男方家先派人到女方家说媒,即提亲。要是女方对男方的条件满意,就算是答应了这门亲事,这样,男方就要准备求亲的礼物了。纳采的礼物里一般有大雁,因为古人认为大雁是一种忠贞之鸟。

问名,就是男方让媒人来问女方的名字和生辰八字。古人认为夫妻之间生辰八字相合是一件十分重要的事情,如果发现男女八字不合就很犯忌讳,这样的亲事一般就不能成。

纳吉，就是男方得到女方的生辰八字后要去占卜吉凶，显示吉利就可以进行接下来的流程了。

纳征，这个阶段就是大家熟知的男方给女方送聘礼。

请期，就是男方确定迎亲的日子并告诉女方，好让他们提前准备。

亲迎，就是男方去女方家迎亲，即新郎迎娶新娘。

父母之命，媒妁之言

在过去，很多婚配的年轻男女第一次见面就是在自己的婚礼上。男女双方都是由彼此的父母提前选定，自己没有恋爱的自由。只有得到了父母的认可，然后通过媒人配对，两人的婚姻关系才能被社会承认，否则就是"无媒苟合"，会被人鄙视。

红娘与月老

王实甫的《西厢记》中,有一个促成了男主人公张生和女主人公崔莺莺姻缘的丫鬟角色,名为红娘。这个角色受到很多人的喜爱,后来人们就用"红娘"来称呼这种为人姻缘牵线搭桥的人。

月老,在民间也被称为"月下老人",据说是一位掌管人间姻缘的神仙。

出嫁：新妇做羹汤

古时候，出嫁是女人一生中的一件大事。那么，关于出嫁又有哪些礼俗呢？

原文

新嫁娘词三首·其三
[唐] 王建

三日入厨下，洗手作羹汤。
未谙①姑②食性，先遣小姑③尝。

作者

王建，字仲初，唐代诗人，大历年间进士，曾任几任小官，晚年为陕州司马，有过从军塞上的经历。王建诗以乐府著称，其内容从不同角度反映了社会矛盾和民生疾苦。其诗语言通俗明快，凝练精悍，与张籍并称"张王乐府"。

注释

①谙：熟悉。
②姑：婆婆。
③小姑：丈夫的妹妹。

译文

婚后第三天就要下厨，洗净双手烹饪羹汤。不知道婆婆到底喜欢什么口味，就先做好了让小姑子尝尝味道。

赏析

　　王建的诗简洁朴素且不加渲染,却能表现出难得的诗意。《新嫁娘词》是咏新娘之诗,语言通俗易懂,用笔简洁不赘,充满生活气息,将新嫁娘日常生活中的一个侧面写得妙趣横生。

婚礼

古代新人举行婚礼时,新郎会先与媒人和亲友等前往女家迎娶新娘。新娘进门后,在乐声中,新婚夫妇先拜天地,后拜祖宗,再互相交拜。然后,新郎用大红绸牵着新娘进洞房。接着是喝"交杯酒",也有些地方喝"和合茶"。宴席过后,有些地方还有闹洞房的习俗。

出嫁

古代女子出嫁之后,一般不能轻易出门和回娘家,不过,女子在成亲之后的第三天要回娘家探亲,称为"回门"。回门的时候,要带上一些礼物。女子在这个时候也可以跟父母说一下婆家的情况,以安父母的心。

红盖头的故事

提到《三国演义》的时候，很多人都会想到足智多谋的诸葛亮。在《三国演义》中，诸葛亮几乎被神化，成了智慧的代表。民间也有一个关于诸葛亮和他妻子的传说。

诸葛亮的妻子名叫黄月英，后人传说她是一个"无颜女"，也就是长得不漂亮。过去讲究男才女貌，因此，很多人觉得黄月英的容貌配不上诸葛亮的才智。

其实这里面还有另外一个故事。据说，黄月英听闻了诸葛亮的名声，十分倾慕他，但又担心诸葛亮是个有才无德的人，于是就让人到处传扬自己是个丑八怪。这时，她让父亲去说亲，诸葛亮竟然答应了。在成亲之夜，黄月英用一块红盖头遮住了自己的脸，如果诸葛亮能毫不犹豫地揭下盖头，就说明他并不在乎自己的容貌，是个有德之人。而诸葛亮也真的这样做了，他在看到黄月英美丽的容貌后还吃了一惊。

据说，红盖头就是从黄月英这儿传开的。

聘礼

聘礼是男方给女方准备的定亲礼物，既有财帛，也有其他物品。聘礼也因为时代的不同而各有特色。民间的聘礼既有钱财，也会有镜子、梳子、压钱箱等物品，还会有海味、生鲜等食物。

嫁妆

  嫁妆是女子嫁人的时候从娘家带到婆家的财物,富贵一些的人家会给女儿准备金银珠宝、家具首饰等比较贵重的物品。嫁妆等于是女子的私房钱,连丈夫都没有权力私自动用。过去的人认为,嫁妆越丰厚,女儿在婆家就越有底气,不用看人脸色过日子。

娶妇：娶心爱的姑娘

男娶妇，女嫁郎，两个真心相待的人走到一起，是天底下的一大幸事。往后的人生，无论顺利还是坎坷，都要相互扶持，共同走过。

原文

鹊巢①

[先秦] 佚名

维②鹊有巢③，维鸠④居之。之子于归，百两御⑤之。
维鹊有巢，维鸠方⑥之。之子于归，百两将⑦之。
维鹊有巢，维鸠盈⑧之。之子于归，百两成⑨之。

注释

①出自《诗经·召南》。
②维：语首助词。
③有巢：比喻男子已造屋室。
④鸠：今名布谷鸟，据说这种鸟自己不筑巢，而是住在喜鹊的巢里。
⑤百：虚数，指数量多。两：同"辆"。御（yà）：同"迓"，迎接。
⑥方：占有。
⑦将：护卫。
⑧盈：住满，此处指陪嫁的人很多。
⑨成：结婚礼成。

译文

喜鹊筑成巢，布谷鸟来住了。那个姑娘要出嫁，用百辆车列队迎接她。

喜鹊筑成巢，布谷鸟占据它。那个姑娘要出嫁，用百辆车列队护卫她。

喜鹊筑成巢，布谷鸟住满了它。那个姑娘要出嫁，用百辆车列队成全她。

> **赏析**
>
> 　　诗以鸠占鹊巢起兴,描写婚礼。在这场盛大华丽的贵族婚礼中,百辆婚车一直延伸到视线尽头。陪嫁、观礼的人群簇拥着婚车,热闹喜庆的氛围,像海浪一样泛开。

娶妻

"娶妻"的"娶",由一个"取"字和一个"女"字组成,意思就是将女子接到自己家中。一般娶妻需要三媒六聘,整个流程相对正式和隆重。

一夫一妻多妾制

很多时候,我们在谈论古代的婚姻制度时会提到"一夫多妻制",其实这种说法不是很严谨,而应该是"一夫一妻多妾制"。正妻只有一个,妾的地位要比正妻低下。妾没有财务权和人身自由,甚至可以被随意交换、赠送。古时候的皇帝后宫中,皇后是正妻,其他嫔妃无论多尊贵,都属于妾。

续弦

　　古人用"琴瑟和鸣"来表示夫妻感情和谐,因为古人弹奏琴瑟就是为了阴阳和合、陶冶情操。所以,如果一个男子的原配妻子去世了,就被称为"断弦",他如果再娶一个妻子的话,就被称为"续弦"。

　　我们都知道高山流水遇知音的故事,故事的主人公是俞伯牙和钟子期,而"续弦"的故事就与这位擅长弹琴的俞伯牙有关。

　　据说,俞伯牙与他的妻子十分恩爱,但是,他的妻子身体不好,

已经无药可治了。忽然有一天,妻子说想听俞伯牙弹琴,俞伯牙就拿出琴弹奏了起来,琴音动人心弦。谁知道在弹奏过程中,一根琴弦忽然断了,而琴声刚落,俞伯牙的妻子也停止了呼吸。俞伯牙收起了断弦的琴,此后便不再弹奏了。

后来,友人给俞伯牙介绍了一个姑娘。俞伯牙相看时竟对那位姑娘一见钟情。那个姑娘也倾慕俞伯牙的才华,但要他在自己面前弹奏一曲。俞伯牙回家拿出了琴,续上了断掉的琴弦,在姑娘面前尽展琴技。两人最终结为夫妻。

原配

原配,也称为"元配"。"元"这个字本来就有第一次、首次、开始的意思,从字面理解就是第一次正式结亲的夫妇,所以有原配夫妻的说法。

结发夫妻

古时候,原配夫妻结婚时,会在婚礼上将两人的头发各割下一缕,再将这两缕头发结在一起,意思是永结同心、夫妻和合。也有种说法是新人确定了成亲时间后,男方送上庚帖时,会附上男子的一缕头发,女方回庚帖时,同样也要回赠一缕头发,以示定情,永结同好。

丧事：十年生死两茫茫

世间有红事，也有白事。生老病死是人生常态。在哀悼故人的丧事里，人们也要遵循一些不可忽视的礼法规矩。

原文

江城子·乙卯正月二十日夜记梦
[宋] 苏轼

十年生死两茫茫，不思量①，自难忘。千里孤坟，无处话凄凉。纵使相逢应不识，尘满面，鬓如霜。

夜来幽梦忽还乡，小轩窗②，正梳妆。相顾③无言，惟有泪千行。料得④年年肠断处：明月夜，短松冈⑤。

作者

苏轼，字子瞻，又字和仲，号东坡居士，世称苏东坡。苏轼是北宋文坛巨匠，诗、词、文皆精。其词开豪放一派，是豪放之宗，与辛弃疾并称"苏辛"。

注释

①思量：思念。
②小轩窗：小室的窗前。
③相顾：相对，相看。
④料得：料想到。
⑤短松冈：种着矮松的山冈，此处指苏轼亡妻安葬之处。

译文

你我阴阳两隔已经十年时间了，我茫然失措也已许久，强迫自己不去想你，但怎么能够将你忘怀。你成了千里之外的一座孤单坟冢，我又要去哪里讲述我的悲凉心境。纵然现在你我再次相逢，你也应该认不出我了，我已然面容衰败，两鬓斑白。

夜晚，我梦见自己回到了家乡，看见你正在小窗前对镜梳妆打扮。我们相对而视，不说话，只是默默地流着眼泪。料想年年都有这肝肠寸断的时光：一到明月之夜，我就会想起你的安葬之所。

> **赏析**

这首词是苏轼为悼亡爱妻王弗所作。"乙卯正月"指宋神宗熙宁八年（1075）正月，当时苏轼正担任山东密州知州。年近不惑的苏轼因反对新法而备受压迫，又忆及亡妻，心情更是悲苦难耐。

丧事

在古代,当一个人去世后,其家人需要先发讣(fù)告,就是将某个人已经去世的消息告诉亲朋,也就是"报丧"。然后,就是将去世之人入殓(liàn),即将其躯体清理干净,放入棺材里面。这两件事一般都在人死后的头两天内完成。

披麻戴孝

家中若有长辈去世,子女一般都要"披麻戴孝",其中"麻"是指麻布,"孝"是指头上戴的白布。一般生麻布不缝边,直接披在身上,而女子还要在发髻上绑上丧带。

哭坟化蝶

梁山伯与祝英台的故事广为人知,其中最知名的可能就是最后祝英台哭坟那一幕了。

梁山伯是书院里的一个书生,他相貌英俊、才华横溢、品德出众,受到师长的称赞。祝英台是一个大户人家的女儿,家里人视她为掌上明珠。祝英台想像男人一样去读书,就女扮男装去了书院。

到了书院之后,她和梁山伯一见如故,视彼此为知己。在相处过程中,祝英台对梁山伯芳心暗许。后来,两人分别时,祝英台向梁山

伯坦白了自己是女儿身的事情,并与梁山伯私订终身,等着对方来自己家提亲。

但是,书院里有一个叫马文才的无赖,知道祝英台是女儿身之后,抢先一步去祝家提了亲。梁山伯得知祝英台已经许了人家,便郁郁而终。祝英台则在出嫁的时候,绕到梁山伯的坟墓前,哭诉自己的忠贞。

这个时候,坟冢突然打开了一个口子,祝英台不假思索,一跃而下。最后,梁祝两人化作一对蝴蝶,翩翩飞去。

坟冢

人在去世之后的安葬之地被称为"坟冢"。坟冢之前还要立碑,墓碑之上既有安葬之人的姓名和身份,也有立碑之人的姓名和身份。坟冢的形制、选址等都很有讲究,有些人更是在生前就早早选好了自己的安葬之地和棺木。

陵寝

陵寝是安葬皇帝的地方。修建陵寝是皇家的一件大事,帝王通常在登基之后,就开始为自己营造陵寝。陵寝的称谓也有讲究,一般是根据皇帝的尊号、谥法或皇陵的所在地而命名。像秦始皇陵、明十三陵等,都是我们耳熟能详的陵寝。

祭祀：愿神明保佑好光景

在古代，祭祀是一件大事。人们通过祭拜天地，祭拜先祖，表达自己对天地、祖先的崇敬，也祈祷祭拜的对象能保佑自己福泽绵长。

原文

社日①

[唐] 王驾

鹅湖②山下稻粱③肥，豚栅④鸡栖⑤半掩扉⑥。
桑柘⑦影斜⑧春社⑨散，家家扶得醉人⑩归。

作者

王驾，字大用，唐代诗人，曾官至礼部员外郎，后弃官归隐。其绝句构思巧妙，自然流畅。

注释

①社日：祭祀土地神的日子。
②鹅湖：在今江西省境内。
③稻粱：田里的庄稼，此处指田里庄稼丰收。
④豚栅：猪圈。
⑤鸡栖：鸡窝。
⑥半掩扉：门半开虚掩着。
⑦桑柘（zhè）：桑树和柘树，树叶可用来养蚕。
⑧影斜：树影倾斜，此处指太阳西斜。
⑨春社：春祭的宴会。
⑩醉人：喝醉酒的人。

译文

鹅湖山下的庄稼长得很好,丰收在望。猪满圈,鸡归巢,门半开半掩着。太阳西斜,桑树、柘树已经在地上拖着长长的影子,春祭的宴会才结束。每家都有喝醉的人,要人帮着扶回去。

赏析

"社日"即古人祭祀土地神的日子。这一天,人们聚会饮宴,祝愿丰收,酬谢土地神。这首诗描绘的就是这一热闹场景。

祭祀

在中华传统文化中，祭祀是十分重要且正式的礼仪，有复杂严格的流程，主要是祭拜神灵、祖先，其中神灵包括天神里的日神、月神，地神里的土地神，人神里的圣贤神、祖先神，等等。

祭品

祭祀的时候，需要给祭祀对象供奉一些供品，这些供品就被称为"祭品"，一般为猪、牛、羊、鸡、鸭等牲畜。摆放供品主要是为了向神灵乞求好运和幸福。

怀念亡妻

　　《项脊轩志》是明代文学家归有光的作品。在这篇文章中，作者描述了在项脊轩度过的光阴，其中有一段文字描写了他的妻子死后项脊轩的破败景象，文字淡然却透着悲切，令人动容。

　　"余既为此志，后五年，吾妻来归，时至轩中，从余问古事，或凭几学书。吾妻归宁，述诸小妹语曰：'闻姊家有阁子，且何谓阁子也？'其后六年，吾妻死，室坏不修。其后二年，余久卧病无聊，乃使人复葺南阁子，其制稍异于前。然自后余多在外，不常居。庭有枇杷树，吾妻死之年所手植也，今已亭亭如盖矣。"

妻子去世那一年，作者于庭院中种下了一棵枇杷树，时光荏苒，枇杷树已蔚然成荫。作者睹物思人，沉痛的情感跃然纸上。

封禅仪式

封禅仪式就是祭拜天地，其中封的意思是祭拜天，禅的意思是祭拜地。封禅仪式是等级最高的祭拜仪式，在古代都是由皇帝亲自带领群臣前往泰山和梁父山举行，向天地报告自己的功绩。在泰山举办过封禅仪式的皇帝中，我们耳熟能详的有秦始皇、汉武帝、唐高宗等。

祭祖

　　直至现在，我国很多传统节日中还保留有祭拜先人的风俗，如清明节等。古时候，无论帝王将相还是平民百姓，都要祭祖。皇帝祭祖的地方称为太庙，为了表达对祖宗的尊重，很多大事都要去太庙祭告。老百姓祭祖的地方则被称为家庙，逢年过节或有大事时，人们也要去各自的家庙祭拜。

待客：蓬门今始为君开

有朋自远方来，不亦乐乎？人生在世，有二三知己常来家中作客，也是颇有意趣的事情。

原文

客至
[唐] 杜甫

舍南舍北皆春水，但见群鸥日日来。
花径不曾缘客扫，蓬门①今始为君开。
盘飧②市远无兼味，樽酒家贫只旧醅③。
肯与邻翁相对饮，隔篱呼取尽余杯。

作者

杜甫，字子美，自号少陵野老，唐朝伟大的现实主义诗人，有"诗圣"之称。其祖父是初唐诗人杜审言。杜甫曾担任过左拾遗、检校工部员外郎等官职，因此又被称为杜拾遗、杜工部。其诗歌以古体、律诗见长，风格沉郁顿挫。杜甫的叙事诗，饱含对国运、民生疾苦的关怀，被称为"诗史"。

注释

①蓬门：蓬草编成的门，表示房子简陋。
②盘飧（sūn）：泛指菜肴。
③旧醅（pēi）：隔年陈酒。

译文

屋子南北都被春水环绕，每天只见鸥鸟飞到这里来相聚。我不曾因为有客人来到，就去清理长满花草的小路，今日因为你要来，我才打开屋门。离市集太远了,没有好东西招待你。家境贫寒,只能拿陈年浊酒给你喝。如果肯和隔壁老翁一起喝一杯的话,我就隔着篱笆喊他过来了。

> 赏析

诗题后有诗人自注曰"喜崔明府相过","明府"是县令的意思,即诗人要招待的客人是位县令。这首诗洋溢着浓郁的生活气息,表现了诗人诚朴、好客的特点。

东道主

汉语里有一个词是东道主,东道主就是接待、宴请客人的主人家。就如同下面这首诗中所写的一样,有客人前来拜访,东道主要做的事情就是尽情陪伴,让宾主尽欢。

客至
[唐] 许浑

得路逢津更俊才,可怜鞍马照春来。残花几日小斋闭,大笑一声幽抱开。袖拂碧溪寒潦绕,冠欹(qī)红树晚徘徊。相逢少别更堪恨,何必秋风江上台。

端茶送客

过去有一个词——端茶送客，意思是会客时主人会奉上茶水，事情谈完了，主人会端起茶杯让客人喝茶；客人要是喝了，就默认事情真的谈完了，仆人就会送客。

据说在清朝的时候有这样一个故事，有个县官去拜见巡抚，按照规矩是不能带着扇子的，这个县官却拿着扇子去了。巡抚见了很不高兴，所以人刚落座，茶一端上来，巡抚就端起了茶杯。仆从见了，大

喊一声："送客。"县官就只能灰溜溜地走了。

当今，端茶送客的习俗已然淡化，人们在想要礼貌性地中断谈话时，会有一些其他表现，如抬手腕看表或者问时间。这些也是避免对方尴尬的礼节。

作揖

作揖是一种传统的礼节，一般所用的场合都比较正式，基本动作是双手抱拳向前，以三四十度的角度弯腰行礼，通过这种方式向人表示尊敬。和生活中比较常用的拱手礼比起来，作揖显得更隆重。

跪坐

在古代还没有椅子之类的坐具时,人们见面会客,一般都是在榻上或者席上,所以,那个时候比较正式的坐姿就是跪坐。跪坐是席地而坐,上身挺直,双手相叠于膝盖部位,臀部压在脚踝位置。不过这样的姿势,时间长了会让人身体不适。

送别：离别满心伤

人生聚散总无常。刚刚还高朋满座，欢歌笑语，转眼就到了离别之时，只能折柳相赠，期待早日重逢。

原文

蝶恋花·河中作
[宋] 赵鼎

尽日①东风②吹绿树。向晚轻寒，数点催花雨。年少凄凉天付与，更堪春思萦离绪③！

临水高楼携酒处。曾倚哀弦④，歌断黄金缕⑤。楼下水流何处去，凭栏目送苍烟暮。

作者

赵鼎，字元镇，自号得全居士。赵鼎是宋代中兴名臣，在宋室南渡后，因反对秦桧议和而与之进行了激烈较量。宋高宗偏袒秦桧，赵鼎被罢免，贬谪岭南，最后绝食而死。让人意外的是，这样一位凛然耿直的名臣，也创作过如这首《蝶恋花》一样情思婉转的作品。

注释

①尽日：终日。
②东风：春风。
③离绪：离愁别绪。
④哀弦：哀伤的弦音。
⑤黄金缕：此处指离别之曲。

译义

春风整日整夜地吹着,吹绿了树木,唤醒了大地。傍晚有着几分寒意,一场细雨,仿佛催促花开。年少之人,本就容易心生凄凉,更何况还有这暮春时节的离愁别绪。

临水高楼上,人们饮酒作别,伴随着哀伤的弦乐,唱尽一曲离别。楼下的流水又将去往何处?倚靠栏杆,极目远望,河水苍苍,暮色深沉。

赏析

整首词的凄凉之意十分明显,虽然词人写的是生机盎然的春天,但是其笔下的春天却多了几分愁绪和寒凉。

灞桥折柳

关于送别,古时候有"灞(bà)桥折柳"一说。灞桥在长安,长安是汉唐时的交通中心,很多人送别的时候都要经过灞桥。灞桥一带种了很多柳树,所以人们在送别的时候,会折下一枝柳条送给临行的人,既有祝福一路平安的意思,也因为"柳"和"留"音近,借以表达一种依依惜别之情。

折柳曲

李白的《春夜洛城闻笛》中写道:"谁家玉笛暗飞声,散入春风满洛城。此夜曲中闻折柳,何人不起故园情。"诗里的"折柳"不是折柳枝的声音,而是指笛曲《折杨柳》,它是一首抒发离愁别绪的曲子。

长亭送别

《西厢记·长亭送别》由元代文人王实甫所写,作品描述了崔莺莺于十里长亭送张生进京赶考的别离场景。

【正宫·端正好】碧云天,黄花地,西风紧,北雁南飞。晓来谁染霜林醉?总是离人泪。

【滚绣球】恨相见得迟,怨归去得疾。柳丝长玉骢(cōng)难系,恨不倩疏林挂住斜晖。马儿迍(zhūn)迍的行,车儿快快的随,却告了相思回避,破题儿又早别离。听得道一声"去也",松了金钏;遥望见十里长亭,减了玉肌。此恨谁知!

【叨叨令】见安排着车儿、马儿，不由人熬熬煎煎的气；有甚么心情花儿、靥（yè）儿，打扮得娇娇滴滴的媚；准备着被儿、枕儿，则索昏昏沉沉的睡；从今后衫儿、袖儿，都揾（wèn）做重重叠叠的泪。兀的不闷杀人也么哥！兀的不闷杀人也么哥！久已后书儿、信儿，索与我凄凄惶惶的寄。

该曲描述了崔莺莺送别张生时的无可奈何，以及别后的苦闷心情。送别时，车马行到长亭，虽然依依不舍，但是"送君千里，终须一别"，因此人们会在长亭道声"珍重"，再各自远去。

长亭

秦汉时期，为了让驿传、信使在道路上有足够的补给和休憩场所，人们专门修建了"亭"这种建筑，而且基本是十里设一亭，各亭设有亭长。后来，长亭成了人们旅行时休息、告别的场地，并且在文人们的笔下渐渐也有了和"折柳"一样的送别含义。

送别歌

李叔同

长亭外,古道边,芳草碧连天。晚风拂柳笛声残,夕阳山外山。天之涯,地之角,知交半零落。一觚浊酒尽余欢,今宵别梦寒。长亭外,古道边,芳草碧连天。晚风拂柳笛声残,夕阳山外山。

雅致生活

衣物：人靠衣装

自古以来，衣服不仅仅是蔽体的工具，在某些时候也是穿衣者身份地位的象征，有着丰富的文化内涵。

原文

浣溪沙
［宋］苏轼

簌簌衣巾落枣花，村南村北响缫车①，牛衣②古柳卖黄瓜。
酒困路长惟欲睡，日高人渴漫思茶，敲门试问野人③家。

作者

苏轼，字子瞻，又字和仲，号东坡居士，世称苏东坡。苏轼是北宋文坛巨匠，诗、词、文皆精。其词开豪放一派，是豪放之宗，与辛弃疾并称"苏辛"。

注释

①缫（sāo）车：煮茧抽丝用的工具。
②牛衣：指老百姓穿的粗糙衣服。
③野人：住在野外的人家。

译文

枣花扑簌簌地落在了行人的衣襟上，村南村北又响起了缫车缫丝的声音，老柳树下有个身穿粗布衣服的农民正在卖黄瓜。

喝了点小酒，路又太长了，整个人昏昏欲睡，日头高照，人又饥渴，想要找地方喝盏茶，只能敲路边农家的门，问问能否给碗茶水喝。

赏析

这是苏轼在徐州所作《浣溪沙》组词中的第四首，描述了自己在乡村路上的见闻感受。整首词作乡土气息浓郁，感情真挚朴实。

冠服制度

我国在夏朝的时候,就已经有冠服制度的雏形了,之后在周朝逐渐完善成型。冠服制度阐明了衣饰与身份、场合之间的关系,像皇亲国戚和平民百姓所穿的衣服就不能一样。

布衣

布衣,很多时候被用来指称老百姓,因为古时候的老百姓不能穿丝绸锦绣之类的衣服,只能穿布衣。这里的布衣,也不是现在所说的纯棉衣服,而是麻布衣服,质地比较粗糙,穿在身上没有那么舒适柔软。

嫘祖养蚕缫丝

嫘祖是轩辕黄帝的妻子,相传她发明了养蚕缫丝的技术。

黄帝成为部落首领后,希望百姓能够安居乐业,于是就带领大家修建房屋、蓄养牲畜、开荒种地,以图部落稳定发展。

那个时候,大家穿的衣服要么是兽皮做的,要么是由粗糙的麻织成的,舒适度不够。为了让大家能够穿上更舒适的衣服,嫘祖日思夜想,人都累病了。部落里的女人十分尊敬嫘祖,看她没有什么胃口,便决定上山去采一些果子给她吃。

她们采回了很多果子，其中有一种白色的果子十分奇怪，既没有味道也咬不烂，放在水里煮，结果散成了丝。有人用木棍把这些丝挑出来给嫘祖看，没想到她看了这些细丝后异常高兴，因为她终于找到制作衣服的好材料了。

后来，嫘祖由此发明了养蚕缫丝的技术，后世人也因此称她为"先蚕娘娘"。

素纱禅衣

素纱禅衣是我国的一级文物，出土于湖南省长沙市马王堆汉墓。这件衣服由上好的纱制成，非常轻薄，重量只有49克，团成一团可以直接攥在手心里。有研究人员利用现代蚕丝仿制了一件素纱禅衣，但还是达不到原件的轻盈程度，由此可见原件的制作工艺有多么精湛！

胡服

　　胡服是我国古代少数民族穿的服饰。和中原地区宽松的款式不同，胡服比较紧贴身体，无论骑马，还是行、走、坐、卧，都非常方便。

梳妆：悦人更悦己

胭脂水粉，簪钗环佩，这些物件不仅修饰了女子的容颜，也提升了气质。相比悦人，更重要的是悦己。

原文

菩萨蛮
[唐] 温庭筠

小山重叠金明灭①，鬓云欲度香腮雪②。懒起画蛾眉③，弄妆梳洗迟。

照花前后镜，花面④交相映。新帖绣罗襦⑤，双双金鹧鸪。

作者

温庭筠，本名岐，字飞卿，唐代诗人、词人，是花间词派的重要作家之一。据说他叉手一吟便成一韵，八叉八韵即告完稿，时人遂称其为"温八叉"。其诗与李商隐齐名，二人因此并称"温李"。

注释

①小山：指画屏。金明灭：指朝阳照耀画屏，忽明忽暗。
②香腮雪：脸颊雪白。
③蛾眉：如蚕蛾触须一样的眉毛。
④花面：花和脸。
⑤绣罗襦：丝绸短襦。

译文

　　画屏上重叠的小山风景,在晨光中时明时暗。鬓发散漫如云,几乎遮住了雪白的双颊。她实在倦怠,不想精细地描画眉毛,迟了好久才起身梳理晨妆。

　　她在头上簪了一朵花,先用前镜看看,再用后镜看看,花朵和面容交相辉映。刚刚穿上的丝绸短襦,上面还绣着一双双金鹧鸪。

赏析

　　词作介绍了一个倦怠梳妆、姿态慵懒的美人。词人对她的妆容和衣饰描写得十分详细,通过慵懒的梳妆动作,似乎能够看出闺中思妇的孤独心理。

三从四德与女子梳妆

三从四德，是封建社会对女子行为的道德约束，是对女性人性与尊严的扼杀。三从是未嫁从父、出嫁从夫、夫死从子，四德是妇德、妇言、妇容、妇功。妇容就是指女子端庄、顺从的仪容姿态。所以按照古时候的标准，女子妆容以端庄优雅为佳。

定情诗（节选）

[汉] 繁钦

何以致拳拳？绾臂双金环。
何以致殷勤？约指一双银。
何以致区区？耳中双明珠。
何以致叩叩？香囊系肘后。
何以致契阔？绕腕双跳脱。
何以结恩情？美玉缀罗缨。
何以结中心？素缕连双针。
何以结相于？金薄画搔头。
何以慰别离？耳后玳瑁钗。

《闲情偶寄·声容部·治服第三·首饰》

"珠翠宝玉，妇人饰发之具也，然增娇益媚者以此，损娇掩媚者亦以此。所谓增娇益媚者，或是面容欠白，或是发色带黄，有此等奇珍异宝覆于其上，则光芒四射，能令肌发改观，与玉蕴于山而山灵，珠藏于泽而泽媚同一理也。若使肌白发黑之佳人满头翡翠，环鬓金珠，但见金而不见人，犹之花藏叶底，月在云中，是尽可出头露面之人，而故作藏头盖面之事。"

这段话大意为：珠翠宝玉，是女子装饰头发的工具，只是为了增添女子的娇美柔媚，不过，破坏娇美柔媚的也是这些首饰。所谓要增

添娇美柔媚的人，是因为或面容不够白皙，或发色偏黄，这些奇珍异宝装点在头发上，就显得光芒四射，能够让肌肤头发改观，就和玉藏在山中，才显得山有灵气，珍珠藏在水里，才显得水越发柔美是同样的道理。如果让肌肤雪白头发乌黑的人满头都是珠玉翡翠、金簪耳环，只能看到这些金银首饰而看不见人，就像花被隐匿在叶底，明月被掩在云后，原本是美貌足以露面的人，却做了一些藏头盖面的事。

口脂

古代的女子所用的口红或者唇膏称为"口脂"，一般都是装在小盒子里，颜色并没有现在这样丰富多彩和大胆，无非红色、肉色一类。口脂一开始用的材料有牛脂、牛髓，后来逐渐改成了蜂蜡一类。这样的口脂，既能装点颜色，又能滋润口唇。

花黄

  我们耳熟能详的《木兰诗》里有一句"当窗理云鬓,对镜帖花黄"。这里的"花黄"就是古代女子脸上的一种装饰,一般是用金黄色的纸剪成各种图案贴在额头上,或者直接将黄色粉末涂抹在额头上。

品茶：何处寻茶圣

中国是茶的故乡，中国人的饮茶文化也源远流长。读一卷诗书，品一壶清茶，人生便有滋有味了。

原文

寻陆鸿渐①不遇
[唐] 皎然

移家②虽带郭③，野径④入桑麻⑤。
近种篱边菊，秋来未著花⑥。
扣门无犬吠，欲去问西家。
报道山中去，归来每日斜。

作者

皎然，唐代著名诗僧，湖州（今属浙江）人。皎然的诗清丽闲淡，多为叙述宗教生活、山水游赏、赠答送别应酬之作，另外也有少部分写国事民生、咏史遣怀的佳作。其诗歌体裁以五言为主，也有四言、七言和骚体诗。

注释

①陆鸿渐：名羽，著有《茶经》一书，被奉为"茶圣""茶神"。
②移家：搬家。
③郭：城墙。
④野径：小路。
⑤桑麻：泛指农作物。
⑥未著花：没有开花。

译义

他把家搬到了靠近城墙的地方,小路通往一片庄稼地。篱笆附近种上了菊花,虽然已到秋天,菊花还没有开放。敲门没有听到狗叫的声音,只能到邻居家去问问。邻居说他去山里了,每天要到晚上才能回来。

赏析

这是一首访友不遇之作,当时陆羽迁移新居,皎然前去拜访,然而陆羽恰好不在家中。皎然以这段访友不遇的经历为题材,写成这首五律,刻画出了陆羽疏放不俗的形象。

茶叶

可可、咖啡、茶,被称为"世界三大饮料",其中,茶是我国的传统饮品。茶叶是茶树的叶子,通过炒或者发酵等不同制作工艺可以做出各种茶,如白茶、黑茶、青茶、黄茶、红茶、绿茶等,茶的口感、香气也会因此而各具特色。

茶马古道

自唐代以来,我国在西南地区开发了一条具有特殊意义的道路,叫作"茶马古道"。这条道路途经四川、云南、西藏等地,通向尼泊尔、不丹、印度等国家。由于这条道路的主要运输工具是马匹,而运送的主要商品又包括了茶叶,"茶马古道"的名字就这样形成了。

神农氏与茶

相传,神农氏为了了解各种植物的性质,就亲自品尝,再记录自己吃下这些东西的反应。有一次,他吃了一种草叶,没多久感到腹痛难忍、口干发晕,就找了一处地方休息。这时他又发现了另一种叶子,吃下去之后,刚才难受的症状竟慢慢地消失了,人也精神了很多。于是,他对这种叶子进行了仔细的研究,并将它命名为"茶"。

神农氏发现茶叶的故事还有另一个版本,说的是神农氏在户外采集百草,筋疲力尽之后,就在一处地方休息,还给自己煮了一锅水。

这时,刚好有几片叶子飘进了煮水的锅里,水慢慢变了颜色。他喝下这些水,觉得口舌生津。于是,他便将这种叶子命名为"茶"。

陆羽与《茶经》

陆羽爱茶如命,他用毕生心血写成了一本《茶经》。《茶经》共七千多字,分为三卷十章,将茶文化的大致体系梳理了出来,包括茶的起源、培育、加工、煮制、品味等。读完这本书,很多人就能对茶文化有一个系统的了解了。

由于陆羽对中国茶文化的推广做出了重要贡献,后人便把他尊为"茶圣"。

品茶四要素

　　品茶重在一个"品"字,我们既要品鉴茶叶的优劣,也要品味饮茶这一行为中包含的意蕴,领略饮茶的趣味。为了达到"品"的目的,人们总结出了品茶四要素:观茶色、闻茶香、品茶味、悟茶韵。通过这四要素,我们可以从茶汤的色、香、味、韵中得到审美的愉悦,从单纯的饮用上升到精神享受与艺术追求。

饮酒：何以解忧，唯有杜康

饮茶让人清醒，饮酒让人陶醉。在酒醉后的迷离恍惚中，人们仿佛看到了另一番人间景象。

原文

金陵①酒肆留别

[唐] 李白

风吹柳花满店香，吴姬②压酒③劝客尝。
金陵子弟④来相送，欲行不行各尽觞⑤。
请君试问东流水，别意与之谁短长。

作者

李白，字太白，号青莲居士，唐代伟大的浪漫主义诗人，有"诗仙"之称。其诗从民间和神话传说中吸取了养料和素材，风格雄奇豪放，想象丰富绚烂，音律和谐多变，存世诗文千余篇。

注释

①金陵：今江苏省南京市。
②吴姬：吴地的青年女子，指酒店中的侍女。
③压酒：压糟取酒。古时新酒酿熟，临饮时压糟方可取用。
④子弟：指李白的朋友。
⑤尽觞（shāng）：喝尽杯中的酒。

译文

春风吹柳，满店都是香气。侍女拿出了美酒，劝我尝尝味道。金陵的朋友都来给我送行，欲走不得、欲留不能时只能彼此畅饮。请你问问向东而去的流水，我的离愁与它比究竟谁更绵长。

> 赏析
>
> 　　李白在南京居住了半年之后前往扬州,友人为他设宴饯行。席间,李白即兴作了这首《金陵酒肆留别》,最后一句点睛之笔十分巧妙。

酒

酒是一种以粮食、水果等为原料,发酵酿造而成的饮品。我国的酿酒历史十分悠久,酿酒技术也非常成熟。古时候,人们对酒有一些特殊叫法:将酒称为"杜康",据说因为杜康是古代高粱酒的发明者;将酒称为"白堕",据说因为这是另外一个酿酒师的名字。

黄酒

世界三大酿造酒分别是啤酒、葡萄酒、黄酒。黄酒是我国特有的一种酒,其中以浙江省的绍兴黄酒最具代表性。黄酒的原料是稻米,由于没有经过蒸馏(liú),酒的度数不高,除了直接饮用,有时候也会被拿来做菜。

流觞曲水

王羲之的《〈兰亭集〉序》写道:"永和九年,岁在癸丑。暮春之初,会于会稽山阴之兰亭,修禊事也。群贤毕至,少长咸集。此地有崇山峻岭,茂林修竹;又有清流激湍,映带左右,引以为流觞曲水,列坐其次。虽无丝竹管弦之盛,一觞一咏,亦足以畅叙幽情。"

文中提到的"流觞曲水"到底是什么呢?

觞是一种酒器,曲水是一条弯曲的水道。古时候,到了三月上旬的巳(sì)日,人们会三五成群地聚在一起,围坐在弯曲的水道旁,

将盛满美酒的酒器放在流水之上。这种酒器是特制的,不会沉到水中,而是会稳稳地漂浮在水面上。然后,众人任它在一条弯曲的水道中随水流行进,酒杯停到谁面前,谁就要把酒喝掉。

不过,文人雅士让这种风俗变得更加文艺,他们会要求面前停着酒杯的人吟诗作对,或者几人一起行酒令,以此增添乐趣。

酒楼

酒楼是宴饮的地方。在古代,酒楼也被称为"酒肆",和吃饭的"食肆"是分开修建的。

竹林七贤

　　魏晋时期，有七个才华横溢的隐居文人，因为常常相聚于竹林之中，所以被称为"竹林七贤"，他们分别是嵇康、阮籍、山涛、向秀、刘伶、王戎、阮咸。他们几个人有一个共同的嗜好——喝酒。

集市：赶集有故事

赶集是我国的一种民间风俗，就是在特定的时间到集市去进行贸易。集市上有卖茶的、卖菜的、卖布的、卖牲口的……非常热闹，是一个充满人间烟火气息的地方。

原文

蚕妇①
[宋] 张俞
昨日入城市②，归来泪满巾③。
遍身④罗绮⑤者，不是养蚕人。

作者

张俞，字少愚，又字才叔，号白云先生，北宋文学家。

注释

①蚕妇：养蚕的妇人。
②市：做买卖交易的地方。
③泪满巾：泪水沾满了手巾。
④遍身：全身。
⑤罗绮：丝织品的统称。

译义

我昨天进城卖蚕丝,归来时泪水沾湿了汗巾。那些穿着绫罗绸缎的都不是养蚕的人。

赏析

本诗通过养蚕妇人在集市卖蚕丝时的所见所闻,表现了底层人民的艰苦生活,也表达了对统治阶级的批判。

集市

集市,也称"市集",指定期举办商品交易活动的场所。过去因为百姓需要的生活物资经常得不到满足,所以才有了这种在特定时间、特定地点进行的商贸模式。后来,人们的生活质量提高了,这种交易模式也逐渐变得更有娱乐性,一般会和某种纪念活动一起举办。

《赶圩归来啊哩哩》

下面这首歌,表现的就是人们赶集时的热闹与欢快景象。

日落西山啊哩哩,散了圩啰啊哩哩。欢欢喜喜啊哩哩,回家去啰啊哩哩。蜜一样的啊哩哩,好生活啰啊哩哩。花一样的啊哩哩,彝家女啰啊哩哩。啊哩哩,啊哩哩,赶圩归来啊哩哩。啊哩哩,啊哩哩,赶圩归来啊哩哩。银项链啰啊哩哩,金戒指啰啊哩哩。打扮姑娘啊哩哩,更美丽啰啊哩哩……鸟儿声声啊哩哩,伴歌唱啰啊哩哩。晚霞朵朵啊哩哩,跟着飞啰啊哩哩……

农村赶集

农村很多地方至今还保留着赶集的习俗。他们会在特定时间,带着自家生产的鸡鸭鱼肉、粮食蔬果等农牧商品到集市交易。

每个地方赶集的时间不同,有的是农历逢一、逢六,有的是逢五、逢十,等等。

在集市上，卖东西的人各自找好自己的摊位，在地上铺一层纸或布，再把自己要卖的东西摆上去。有卖菜的，菜的数量不会特别多，胜在东西新鲜，又是自家种的；有卖衣服的，就是常穿的款式，堆放在摊位上，供来往的人挑选；还有卖小吃的，如爆米花、豆腐一类方便携带的食物，有些赶集的人也会直接在集市上买来吃。

早市

早市，就是早上开的集市。早市上东西的价格一般都比较便宜，东西也比较新鲜，我们会看到很多早起的老人家专门赶在这个时间点来买东西。

跳蚤市场

跳蚤市场一般指的是旧货地摊,售卖的都是一些闲置的二手商品。地摊的规模大小不一,东西的种类非常多,小件的有衣物、首饰、书籍等;大件的有各种旧家具、家电等。很多人都喜欢到这种地方来淘货。

狩猎：彰显男儿本色

狩猎是一项充满阳刚气息的活动。在古代，狩猎不仅是达官贵人的娱乐项目，也是朝廷练兵演武的军事活动。

原文

观猎
[唐] 王维

风劲角弓鸣，将军猎渭城①。
草枯鹰眼疾，雪尽马蹄轻。
忽过新丰市②，还归细柳营③。
回看射雕处，千里暮云平。

作者

王维，字摩诘，唐代诗人，曾官至尚书右丞，故世称王右丞。王维中年居于蓝田辋（wǎng）川别墅，潜心修佛，过着半官半隐的生活，亦号"诗佛"。王维精通音律、佛学，工于诗画，早期写过一些边塞诗歌，后多作山水田园诗，与孟浩然并称"王孟"。

注释

①渭城：在长安西北，渭水之北，乃秦都咸阳故城。
②新丰市：故址在今陕西省临潼区东北，是古代盛产美酒的地方。
③细柳营：汉代名将周亚夫的屯军之地，在今陕西省西安市长安区。此处借指将军军营。

译文

烈风强劲，吹得角弓共鸣，将军在渭城郊外狩猎。百草枯萎，苍鹰之眼更显锐利，冰雪消融，马蹄愈发轻快。转瞬之间已经过了新丰市，不久之后就要回到军营了。回首刚才的射雕之地,广阔的大地已与傍晚的云层相融。

赏析

《观猎》属王维早期诗作,本诗描写了将军由出猎到归猎的全过程,气势遒劲,一气贯通,流转自如,表现出了围猎的壮观和豪气,当属盛唐佳作。

狩猎

狩猎是远古时期人们获得肉食的重要途径。随着时代的发展，狩猎已经不仅仅局限于基本的果腹功能了，它既可以用来练军、演习，也可以用来娱乐。在古代，皇帝四季都可狩猎，而且每一季都有一个名字，分别称作春蒐（sōu）、夏苗、秋狝（xiǎn）、冬狩。

木兰围场

河北省的木兰围场是清朝的皇家猎苑，这一带的自然环境很好，十分适宜动植物生长。为了训练军队，也为了不忘"马上得天下"的根基，清朝皇帝开辟了近万平方千米的地方用来做围猎之地。清朝前期，皇帝会带着文武大臣到木兰围场秋游、狩猎，被称为"木兰秋狝"。

少数民族的狩猎文化

在我国东北黑龙江流域，生活着一个狩猎习俗延续至今的少数民族——鄂伦春族。他们充满着少数民族风情的服饰穿着、饮食文化、生活方式吸引着很多游客。鄂伦春族的传统民族服饰主要是狍皮——狍皮帽子、狍皮大衣、狍皮靴子。鄂伦春族的狩猎地有特定的区域，狩猎活动也会遵照一年四季生物活动的自然规律。

赫哲族也是我国东北地区的一个少数民族，拥有悠久的历史文化。赫哲族有一种十分有意思的服饰——鱼皮衣。鱼皮衣，顾名思义，就是鱼皮做的服饰，主要用的是鲢鱼、鲤鱼等。做鱼皮衣，首先要把鱼

皮完整地剥下来，之后在户外晒干，同时去除上面细碎的鳞片，保留那层鱼皮。要想让鱼皮变得像布匹一样柔软，就需要用木槌捶打鱼皮，最后再将制作好的鱼皮缝制起来。

史前壁画

在中国，人们发现了很多史前壁画，发现地点大多在洞窟之中，内容一般都是表现那个时期人们的生活状态或者精神状态，狩猎就是其中的一个主题。史前壁画并没有太多绘画技巧，偏简笔形式，但这并不影响我们了解那个时期的狩猎文化。

《诗经·豳风·七月》中的狩猎风俗

《豳(bīn)风·七月》是《诗经·国风》中最长的一首诗,以季节轮回为脉络,讲述了人们的劳动过程,其中狩猎风俗也有涉及。"一之日于貉,取彼狐狸,为公子裘。"大致意思是:十一月的时候就去打貉子,把猎来的狐狸剥皮鞣制,做成裘衣给贵族穿。

游船：误入藕花深处

船是中国古代南方地区重要的交通工具。乘船出行、旅游、玩耍，体验人在水中行的感觉，别有一番滋味。

原文

如梦令
[宋] 李清照

常记①溪亭②日暮，沉醉不知归路。兴尽晚回舟，误入藕花深处。争渡③，争渡，惊起一滩④鸥鹭⑤。

作者

李清照，号易安居士，是婉约派的代表人物。其父为苏门"后四学士"之一的李格非，其夫为金石家赵明诚。李清照生活在两宋之交，词风受时局影响深远：早期词作清新婉丽，写少女的明快生活与婚后的相思情意；南渡之后词风大变，多悲叹身世、感怀国事，格调深沉而感伤。

注释

①常记：常常回忆、记起。
②溪亭：临水的亭台。
③争渡：奋力划船。
④一滩：一群。
⑤鸥鹭：指水鸟。

译文

时常记起我在溪边亭中游玩，直至日落西山。饮了几杯酒，有几分微醺便找不到回家的路。尽兴而归，月夜乘船，不小心闯入了莲塘深处。奋力把船划出去，奋力把船划出去，竟然惊起了一群水鸟。

> **赏析**
>
> 这首词记叙了李清照年少时与好友泛舟游湖、流连忘返,又因酒醉迷途、误入荷塘的经历,呈现出词人少女时代的生活状态和情趣。

游船

在古代，坐船观光是一项比较普及的娱乐项目。宫廷里面有游船，主要行驶在宫内修建的人工湖上；民间也有游船，寻常百姓也喜欢乘船游玩赏景。

琵琶行（节选）

[唐] 白居易

浔阳江头夜送客，枫叶荻花秋瑟瑟。主人下马客在船，举酒欲饮无管弦。醉不成欢惨将别，别时茫茫江浸月。忽闻水上琵琶声，主人忘归客不发。寻声暗问弹者谁，琵琶声停欲语迟。移船相近邀相见，添酒回灯重开宴。千呼万唤始出来，犹抱琵琶半遮面。

隋炀帝的龙舟

据说，隋炀帝杨广在登基之前就十分向往扬州。当了皇帝之后，他就决定去扬州游玩。他没有选择从陆地上前往，而是走了水路。皇帝出行，后宫佳丽和文武百官自然随行，于是，千百艘船一起出发，场面十分壮观。

其他人坐的是舟、船，而隋炀帝坐的是"龙舟"。据说这艘龙舟就是一条巨龙的造型，龙头高高翘起，怒目而视，十分威武，远远看去，就如同一只真的巨龙浮游在河上。

不过,这样的活动却苦了老百姓,据说光是用来拉纤的老百姓就将近二十万,很多人下半身长期泡在水中,都得了病。

拉纤的人被称为"殿脚",当时隋炀帝还从民间找了几百个貌美的十五六岁女子,让她们穿着白衣拉纤,以此取乐,可以说是非常残忍。

秦淮河画舫

秦淮河在江苏省,它孕育了古老的南京文化。古时,秦淮河上有很多画舫。画舫就是装饰得十分漂亮华丽的游船。画舫内部空间很大,里面的乘客在游览两岸美景的同时,也可以在船内饮食玩乐。

摇花船

　　我国山东省的一些地方,过年或者元宵节的时候有"摇花船"的习俗,在庆祝节日的同时也祈求吉祥。不过,这项活动的表演地点不是在水里,而是在街上。摇花船的时候,船上的人也会扮演不同的角色,比如艄公、唱歌的少女等,边上还有专门的人演奏乐器,非常热闹。

歌舞：为君歌一曲

歌舞是传达情感的艺术形式。自古以来，中国人就擅长用它们来表达喜怒哀乐。

原文

赠汪伦①

[唐] 李白

李白乘舟将欲行，忽闻岸上踏歌②声。
桃花潭③水深千尺，不及④汪伦送我情！

作者

李白，字太白，号青莲居士，唐代伟大的浪漫主义诗人，有"诗仙"之称，其诗从民间和神话传说中吸取了养料和素材，风格雄奇豪放，想象丰富绚烂，音律和谐多变，存世诗文千余篇。

注释

①汪伦：人名，李白游桃花潭时结识的朋友。
②踏歌：古代民间的一种歌唱形式，一边唱歌一边用脚踏地打节拍。
③桃花潭：潭名，在安徽省泾县西南。
④不及：比不上。

译文

李白乘船将要远行，忽然听到岸上传来歌声。桃花潭水纵有千尺之深，也比不上汪伦送别我的情谊。

> **赏析**

　　诗人以有形之水比喻无形之情,可谓匠心独运。另外,口语化也是本诗的一大特点,诗人用明白畅达的口语直接抒情,天真自然,别具一格。

民歌

民歌,就是民间的歌。很多民歌历史悠久,靠着口耳相传的方式传承了一代又一代。《诗经》里的很多篇章之所以朗朗上口,就因为那是古代的民歌。很多民歌的乐曲虽然因为时代的书写限制而失传了,但歌词却完整保存了下来。

踏歌

踏歌是一种历史悠久的艺术形式,即一边踏地跳动,一边唱歌,也就是用脚踏地来做节拍,伴随动作唱歌,民间气息很浓。李白《赠汪伦》中的"踏歌",倾向于边走边唱歌,形式上略有不同。

刘三姐

电影《刘三姐》是我国 20 世纪 60 年代的一部电影,片中有一个机智聪明又擅长对山歌的美丽姑娘——刘三姐。

山歌是老百姓在劳动或者抒情时即兴演唱的歌曲,朗朗上口,情感充沛,富有生活气息。在很多地方,对唱山歌是年轻人之间互表衷肠的一种方式。

电影里能言善辩的刘三姐形象,据说是取材于壮族的民间传说。相传,曾经有一位美丽的姑娘,名叫刘三妹,她勤劳善良,对山歌很

厉害。有一天，长大的刘三妹遇上了一个小伙子，两人对山歌后彼此倾心，互表心迹后，决定在一起。不过，刘三妹的同村有一个恶霸，一直觊觎刘三妹的美貌，想要把她抢到自己家里来，但刘三妹宁死不从。后来有一晚，刘三妹和心上人正在河边散步，恶霸突然带着仆从来抢人。两人寡不敌众，最后双双跳入河中。

后人为了纪念刘三妹，每年三月三都会到河边对歌。

霓裳羽衣舞

宫廷歌舞是皇宫之内的表演项目，内容主要是歌颂帝王的丰功伟绩。据说唐代的杨贵妃十分擅长一种舞蹈，名为"霓裳羽衣舞"。这种舞蹈旖旎华丽，舞姿华美，跳起来如同仙人一样飘逸空灵，美丽异常。唐玄宗十分爱看杨贵妃跳这种舞。

惊鸿舞

　　我们知道唐玄宗很宠爱杨玉环，其实他还有一个宠妃叫梅妃。惊鸿舞据说就是由梅妃首创的，主要通过十分写意的动作来表现鸿雁翩跹的仪态。不过很可惜，这种美丽的舞蹈现在已经失传了。

声乐：昆山玉碎凤凰叫

朴实无华的丝竹管弦，经乐师的巧手演奏，便可发出宛若天籁的美妙声音，可谓非常神奇。

原文

李凭①箜篌②引（节选）
[唐] 李贺

吴丝蜀桐③张高秋，空山凝云颓不流。
江娥啼竹素女愁④，李凭中国⑤弹箜篌。
昆山玉碎凤凰叫，芙蓉泣露香兰笑。
十二门⑥前融冷光，二十三丝动紫皇。

作者

李贺，字长吉，唐代河南昌谷（今河南洛阳市宜阳县）人，后世称李昌谷。因其祖籍为陇西，故自称"陇西长吉"。李贺是中唐时期浪漫主义诗人的代表，他的诗熔《楚辞》浪漫主义情怀、汉魏六朝乐府及齐梁宫体为一炉，加之大胆而丰富的想象力，创造出独具一格的诗风，他也因此被称为"诗鬼"。

注释

①李凭：一位善弹箜篌的梨园子弟。
②箜篌：是一种十分古老的弦乐器。
③吴丝蜀桐：吴地之丝，蜀地之桐，此处指制作箜篌的绝好材料。
④"江娥"句：此句是指弹奏声让江娥和素女都感动了。江娥的典故是指尧的两个女儿嫁给了舜，舜死后二人啼哭，眼泪洒在了竹子上就有了泪痕，称"湘妃竹"。素女是一位擅长鼓瑟的乐伎。
⑤国：国之中央，指的是京城长安。
⑥十二门：长安城东西南北分别有三门，一共十二门。

译义

用吴地丝弦、蜀地桐木制作的上好箜篌，在深秋调音弹奏。这美妙的音乐让白云都凝固了。江娥泪染斑竹，素女满腔忧愁，这是因为李凭在京城弹奏箜篌。这声音像昆山美玉相击而碎，也像凤凰鸣叫。这声音时而让芙蓉落泪，时而让兰草开怀。这声音里融合了长安城十二门前的清冷光气，二十三弦弹起，足以让天帝动容。

赏析

这首诗赞美的是李凭弹奏箜篌的高超技艺，描写传神，想象瑰丽，语言华丽。

民族乐器

我国的传统民族乐器种类十分丰富,现在仍然很常见的有琴、筝、箫、笛、二胡、琵琶、鼓等。这些乐器具有十分强烈的民族色彩,是我国民俗文化的重要组成部分。

乐府

乐府是古代管理宫廷音乐的官方机构。乐府里有许多乐工,乐工从民间吸收优秀作品,再进行改编加工,然后表演。乐府在秦朝时就已经设立,到汉朝时又有了进一步发展。

掌上舞

我们都知道一个成语——燕瘦环肥,意思是女子体态不同,但是各有各的美好,其中的"燕"指的是赵飞燕,"环"说的是杨玉环。

据说赵飞燕体态轻盈,十分清瘦,能脚尖立在人的掌心上跳舞,这种舞被称为"掌上舞"。

汉成帝十分宠爱赵飞燕,为了哄她高兴,就特意修建了一艘十分豪华的宫船,然后两人就乘着这艘船在太液池上游览美景。游玩到兴致高的时候,赵飞燕开始翩翩起舞,只见她衣袂翩飞,好像飞起来一样。

谁知道，这个时候忽然吹来一阵十分强劲的风，赵飞燕一个不稳，险些摔倒。幸好旁边有人及时抓住了赵飞燕的脚，这才让她稳住了身体。

这一幕被很多宫人见到，然后以讹传讹，最后变成了赵飞燕体态轻盈，竟然可以在人的手掌上跳舞。

马头琴

马头琴是蒙古族的一种弦乐器，琴头是马头状，琴身是梯形。据说一个牧民为了纪念死去的爱马，便用它的骨头和马毛做了一把琴，还在琴头雕刻了一个马头装饰。正是因为这样的造型，这种琴才被称为"马头琴"。马头琴的声音婉转悠扬，又带着几分低沉，适合在空旷的地方演奏。

唢呐

　　唢呐是我国民间的一种吹奏乐器。唢呐应用的场合非常广泛，"红事""白事"都可以用。"红事"就是婚庆，"白事"就是丧事。此外，逢年过节举办的一些活动、节目、宴会上也可以吹奏唢呐。唢呐的声音十分嘹亮，几乎可以轻易压倒大多数乐器的声响，表现力非常强大。

跟着古诗词
看中华文明

清 宣 ——— 编著
豆豆鱼绘制 ——— 绘

藏在古诗词里的名胜古迹

石油工业出版社

图书在版编目（CIP）数据

　　跟着古诗词看中华文明．藏在古诗词里的名胜古迹 / 清宣编著；豆豆鱼绘制绘 . —北京：石油工业出版社，2023.1

　　ISBN 978-7-5183-5148-0

　　Ⅰ.①跟… Ⅱ.①清… ②豆… Ⅲ.①古典诗歌—诗歌欣赏—中国—少儿读物 Ⅳ.① I207.2

　　中国版本图书馆 CIP 数据核字（2022）第 018619 号

跟着古诗词看中华文明．藏在古诗词里的名胜古迹

选题策划：艾　嘉
责任编辑：曹秋梅
出版发行：石油工业出版社
　　　　　（北京市朝阳区安华里二区 1 号楼　100011）
网　　址：www.petropub.com
编 辑 部：（010）64523559
图书营销中心：（010）64523649
经　　销：全国新华书店
印　　刷：三河市嘉科万达彩色印刷有限公司

2023 年 1 月第 1 版　　　2023 年 1 月第 1 次印刷
710 毫米 ×1000 毫米　　　开本：1/16　　　印张：37
字数：330 千字
定价：158.00 元（全四册）

（如发现印装质量问题，我社图书营销中心负责调换）
版权所有，翻印必究

目录

本书体例说明 / II

山水之间

美丽长江 / 2
万里黄河 / 8
奔流的湘江水 / 14
遥望洞庭湖 / 20
西湖梦 / 26
走进阿尔泰山 / 32

红尘土木

最忆是金陵 / 40
长安明月 / 46
洛阳如花 / 52
歌在锦官城 / 58
赤壁怀古 / 64
千里通济渠 / 70

人间楼宇

大美多景楼 / 78
"瑰伟"滕王阁 / 84
岳阳天下楼 / 90
回眸乌江亭 / 96
折柳灞桥 / 102
晚霞中的铜雀台 / 108
夜半未央宫 / 114

◎ 本书体例说明 ◎

诗词：中国文化之花

德国诗人荷尔德林说："人充满劳绩，但还诗意地安居于大地之上。"

中国文学家林语堂也说："在中国，生活的艺术，与绘画、诗，合而为一。"

人活着，除了生存，还需要美。而诗歌之美具有别样芬芳。

古老的中国，是诗词的国度。

翻开中国的古诗词，我们可以窥见隐藏在文字背后的历史和文化，例如二十四节气的故事、不同时代的民俗风情、山川楼宇的历史与文化内涵、旧时名物的故事……

美丽长江

长江，作为中国第一长河，从雪山走来，一刻不停地向东奔流。它哺育着两岸的百姓，孕育着灿烂的文明，也为诗人们提供着歌咏的素材。

※开头引言

本书中，每一个小节都有引言。
引言如预告，将这一小节的内容提前播报。

这是一套什么样的书

原文

登高

[唐] 杜甫

风急天高猿啸哀，渚①清沙白鸟飞回。
无边落木②萧萧③下，不尽长江滚滚来。
万里悲秋常作客，百年多病独登台。
艰难苦恨繁霜鬓，潦倒新停④浊酒杯。

※原文内容解读

原文内容解读部分包括原文、作者、注释、译文、赏析五个部分。

原文：原汁原味展示古诗词。

II

作者

杜甫,字子美,自号少陵野老,唐朝伟大的现实主义诗人,其祖父是初唐诗人杜审言。杜甫曾担任过左拾遗、检校工部员外郎等官职,因此又被称为杜拾遗、杜工部。他以古体、律诗见长,以叙事入诗。其诗歌风格沉郁顿挫,语言精练,饱含着对国运、民生疾苦的关怀,被称为"诗史"。后人称他为"诗圣"。

作者:作者简介,了解创作者的思想、创作风格、人们对他的评价等。

注释

①渚(zhǔ):水中的小沙洲。
②落木:落叶。
③萧萧:此处指树叶飘落的声音。
④新停:刚刚停止。杜甫此时因肺疾刚刚戒酒,故曰"新停"。

注释:为生僻字注音,并对部分字、词、句进行注释,为读者扫除阅读障碍。

译文

狂风劲吹,天空高远,猿猴哀鸣。江水清涌,江沙泛白,鸟儿在此徘徊。无边无际的落叶纷纷而下,无穷无尽的长江水奔涌而来。我漂泊在外,在秋意之中,倍加惆怅。人生百年,疾病缠身的我今日独自登上高台。时世艰难,因愁苦烦闷,我已经双鬓斑白。穷困潦倒之中,我却不能再饮酒解闷了。

译文:白话译文,帮助读者清晰理解原文内容。

赏析

本诗是杜甫于唐代宗大历二年(767)重阳节,在夔(kuí)州登高望远、触景生情之作,也是最能代表杜甫沉郁顿挫风格的七律之一。

赏析:深入解读作者的创作思想,以及原文的内涵,强化读者对原文的理解。

III

※一套四册，各有不同的知识板块设计。

《藏在古诗词里的二十四节气》中有"××读诗/词""物候记""农时农话""闲话风俗""食物恋""互动拓展"；

《藏在古诗词里的中华民俗》中有"风物记""闲话民俗""生活志"；

《藏在古诗词里的名胜古迹》中有"在路上""历史与传说""璀璨风情"；

《藏在古诗词里的古代名物》中有"考工记""名物拾零""名物故事"。

这些板块中有历史文化常识，还有生动的故事，寓教于乐，让知识更有趣。

长江

长江的发源地是青藏高原的唐古拉山脉。长江的干流途经我国许多省市，如西藏、四川、青海、湖南、湖北、重庆等；长江的支流也辐射到我国很多地区，比较著名的支流有雅砻（lóng）江、岷（mín）江、嘉陵江、乌江、汉江和湘江等。

青藏高原

青藏高原是我国海拔最高的高原，被称为"世界屋脊""第三极"。它是中国众多河流的发源地，如长江、黄河、雅鲁藏布江、怒江等都发源于此。青藏高原因为地势很高，所以很多地方常年低温，我们在那里能看到很多雪山。在雪山之间，我们又会看到一些高温温泉，这是因为这里有丰富的地热资源。

双龙战二妖

传说，有一年，人间大旱。天界派青龙、黄龙查看人间的情况。

二龙来到人间，发现原来是一对妖怪在作祟。这对妖怪施法扰乱人的心智，让人们肆无忌惮地作恶。

青、黄二龙看到这种场景，立刻替中了妖法的人解咒，还决心除去二妖。二妖听到消息后，领了魔兵与二龙大战。

青、黄二龙与一群妖精魔怪苦战几天几夜，终于在战斗胜利的一刻，力竭倒在了大地上，化作了两条大河。人们为了纪念青、黄二龙，于是将两条河分别命名为长江、黄河。

※精美插图

　　经典文字搭配精美插图，图文共赏。

　　图文搭配，强化视觉审美，同时，通过图片可以强化读者对知识点的记忆。

长江三峡

　　长江三峡位于中国腹地，是三段峡谷的总称，它西起重庆，东至湖北，自西向东依次为瞿塘峡、巫峡、西陵峡，三峡两岸高山对峙，奇峰陡立，风景十分壮美。长江三峡有许多名胜古迹，如白帝城、巴东神农溪等。

为何要阅读本书

读诗词，品流彩华章；
读诗词，享文化精粹；
读诗词，养性灵气质；
读诗词，悟天人之理。
小朋友们，让我们一起品味诗词之美吧。

山水之间

美丽长江

长江,作为中国第一长河,从雪山走来,一刻不停地向东奔流。它哺育着两岸的百姓,孕育着灿烂的文明,也为诗人们提供着歌咏的素材。

原文

登高

[唐] 杜甫

风急天高猿啸哀,渚①清沙白鸟飞回。
无边落木②萧萧③下,不尽长江滚滚来。
万里悲秋常作客,百年多病独登台。
艰难苦恨繁霜鬓,潦倒新停④浊酒杯。

作者

杜甫,字子美,自号少陵野老,唐朝伟大的现实主义诗人,其祖父是初唐诗人杜审言。杜甫曾担任过左拾遗、检校工部员外郎等官职,因此又被称为杜拾遗、杜工部。他以古体、律诗见长,以叙事入诗。其诗歌风格沉郁顿挫,语言精练,饱含着对国运、民生疾苦的关怀,被称为"诗史"。后人称他为"诗圣"。

注释

①渚(zhǔ):水中的小沙洲。
②落木:落叶。
③萧萧:此处指树叶飘落的声音。
④新停:刚刚停止。杜甫此时因肺疾刚刚戒酒,故曰"新停"。

译义

狂风劲吹,天空高远,猿猴哀鸣。江水清涌,江沙泛白,鸟儿在此徘徊。无边无际的落叶纷纷而下,无穷无尽的长江水奔涌而来。我漂泊在外，在秋意之中，倍加惆怅。人生百年，疾病缠身的我今日独自登上高台。时世艰难，因愁苦烦闷，我已经双鬓斑白。穷困潦倒之中，我却不能再饮酒解闷了。

赏析

本诗是杜甫于唐代宗大历二年（767）重阳节，在夔（kuí）州登高望远、触景生情之作，也是最能代表杜甫沉郁顿挫风格的七律之一。

长江

长江的发源地是青藏高原的唐古拉山脉。长江的干流途经我国许多省市，如西藏、四川、青海、湖南、湖北、重庆等；长江的支流也辐射到我国很多地区，比较著名的支流有雅砻（lóng）江、岷（mín）江、嘉陵江、乌江、汉江和湘江等。

《长江之歌》

下面这首《长江之歌》是纪录片《话说长江》的主题曲，由胡宏伟创作，表达了中华儿女对长江的热爱。

你从雪山走来，春潮是你的风采。你向东海奔去，惊涛是你的气概。你用甘甜的乳汁，哺育各族儿女。你用健美的臂膀，挽起高山大海。我们赞美长江，你是无穷的源泉。我们依恋长江，你有母亲的情怀。你从远古走来，巨浪荡涤着尘埃。你向未来奔去，涛声回荡在天外。你用纯洁的清流，灌溉花的国土。你用磅礴的力量，推动新的时代。我们赞美长江，你是无穷的源泉。我们依恋长江，你有母亲的情怀。啊！长江。啊！长江。

双龙战二妖

传说,有一年,人间大旱。天界派青龙、黄龙查看人间的情况。

二龙来到人间,发现原来是一对妖怪在作祟。这对妖怪施法扰乱人的心智,让人们肆无忌惮地作恶。

青、黄二龙看到这种场景,立刻替中了妖法的人解咒,还决心除

去二妖。二妖听到消息后,领了魔兵与二龙大战。

青、黄二龙与一群妖精魔怪苦战几天几夜,终于在战斗胜利的一刻,力竭倒在了大地上,化作了两条大河。人们为了纪念青、黄二龙,于是将两条河分别命名为长江、黄河。

青藏高原

　　青藏高原是我国海拔最高的高原,被称为"世界屋脊""第三极"。它是中国众多河流的发源地,如长江、黄河、雅鲁藏布江、怒江等都发源于此。青藏高原因为地势很高,所以很多地方常年低温,我们在那里能看到很多雪山。在雪山之间,我们又会看到一些高温温泉,这是因为这里有丰富的地热资源。

长江三峡

　　长江三峡位于中国腹地,是三段峡谷的总称,它西起重庆,东至湖北,自西向东依次为瞿塘峡、巫峡、西陵峡,三峡两岸高山对峙,奇峰陡立,风景十分壮美。长江三峡有许多名胜古迹,如白帝城、巴东神农溪等。

万里黄河

作为中国的母亲河,黄河是中华民族的重要象征,黄河文化是中华民族的根和魂。那辽阔无边的水域,那在黄河沿岸孕育的文明,都沉淀着岁月的故事。

原文

征人怨

[唐] 柳中庸

岁岁金河①复玉关②,朝朝马策③与刀环。
三春④白雪归青冢⑤,万里黄河绕黑山⑥。

作者

柳中庸,生卒年不详。他是著名文人柳宗元的族人,"大历十才子"之一李端的好友。其为大历年间进士,曾被任命为洪府户曹,但他并未接受。其诗内容多为边塞征怨,受时代影响,诗风意气消沉,再无盛唐气象。

注释

①金河:大黑河,在今内蒙古呼和浩特市南。
②玉关:甘肃玉门关的简称。
③马策:马鞭。
④三春:指三月阳春。
⑤青冢:汉王昭君的坟墓,在今内蒙古呼和浩特市西南。
⑥黑山:又名杀虎山,在今内蒙古呼和浩特市东南。

译文

年复一年,将士们转战在金河和玉门关之间。日复一日,唯有马鞭和战刀相伴。阳春三月的雪覆盖着汉时王昭君的坟墓,万里黄河奔腾汹涌,环绕着黑山。

> **赏析**
>
> 　　近体诗大多遵循起、承、转、合的写法,但柳中庸的这首《征人怨》却打破常规,四句相对为两联,皆对仗工整,仿佛从七律诗中截取了两联。全诗道出了征人久戍边塞、不能还乡的悲怨。

黄河

　　黄河是中华文明最主要的发源地,因此被称为中国人的母亲河。黄河流域孕育了半坡文化、龙山文化、大汶口文化等。炎帝和黄帝的部落就出现在黄河流域,部落文明的融合成为华夏民族的根源。

《黄河大合唱》

　　《黄河大合唱》是一部大型合唱声乐套曲,是由冼(xiǎn)星海和光未然以黄河为背景创作的,风格慷慨激昂,在抗日战争中起到了鼓舞人心的作用。下面是第七乐章《保卫黄河》的一段歌词。

　　风在吼,马在叫。黄河在咆哮,黄河在咆哮。河西山冈万丈高,河东河北高粱熟了。万山丛中,抗日英雄真不少。青纱帐里,游击健儿逞英豪。端起了土枪洋枪,挥动着大刀长矛。保卫家乡!保卫黄河!保卫华北!保卫全中国!……

望洋兴叹的故事

有个成语叫望洋兴叹,意思是在伟大事物面前感慨自己的渺小。关于这个成语还有这样一个故事。

传说,黄河有一个河神,名为河伯。黄河浩荡,水流汹涌,十分壮观。于是,河伯每次望着这样的黄河感慨道:"啊,这样壮观的河流,在天下间也是独一无二了吧。我是黄河的河神,这样看来,我就是天下最大的河神啊。"

河伯说完这话,黄河边就有一个人反驳道:"你说的不对,在黄河的东边有一个地方,叫作北海。北海宽广无比,那才叫真正的天下无双呢。"河伯不服气,说:"天底下竟然还有比我更大的河流吗?"对方回答:"你去看了就知道了,北海之广,足以容纳好几条黄河。"

那人信誓旦旦,但是河伯依旧不信。于是那人只能无奈地对河伯说:"只有你自己去看了,才能知道呢。"河伯为了求证这件事,就前往北海。当他看到北海的时候,面对一望无际的海面,才感受到什么是真正的广袤无边,于是,河伯感慨道:"见识只在方寸之间,却觉得自己天下无双,这话说的就是我这样的人啊。要不是见着北海,我还以为黄河才是天下第一,这样的话传出去,岂不是贻笑大方了?"

半坡文化

　　半坡文化，是中国新石器时代的文明，发现于陕西西安半坡村。在距今六千多年前的原始社会中，半坡村的人们过着自给自足的日子。这里既有适宜的温度，也有丰富的植被，河流从这里经过，所以他们也不缺乏水源。这里已经出现了农耕的迹象，同时还有人捕猎、采集食物等，而附近的水源也为他们提供了捕鱼的条件。他们有多种陶器工具，如捕猎工具、捕鱼工具、收纳工具和饮食工具等。

黄河壶口瀑布

　　黄河壶口瀑布，是山西省和陕西省共有的旅游景区。黄河奔流至秦晋峡谷宜川段，骤然归于二三十米宽的"龙槽"，倾注如壶口，故名壶口瀑布。壶口瀑布十分壮观，尤其是到了冬天的时候，因为气温极低，水流会出现冰冻现象，这时，曾经湍急的水流会被冰封，我们就可以看到一幅定格的冰流画面。低温时，瀑布还会出现流凌、冰挂现象。流凌就是冰在水面或水中流动，这种现象主要发生在冬季冰封和春季冰化的时候。冰挂是在温度极低的情况下水体被冰冻住的现象。

奔流的湘江水

如果说黄河豪迈得像是一曲北方民歌,那么湘江就像一支南方小调,回荡在江南秀丽的大地上,韵味悠长。

原文

渡湘江①
[唐] 杜审言

迟日②园林悲③昔游④,今春花鸟作边愁⑤。
独怜京国⑥人南窜,不似湘江水北流。

作者

杜审言,字必简,唐高宗咸亨进士,累官修文馆直学士,与李峤、崔融、苏味道合称"文章四友"。其诗以五言律诗为佳,格律谨严。杜审言是杜甫的祖父,是唐代"近体诗"的奠基人之一。

注释

①湘江:湘江水系在长江之南、南岭之北,支流包括潇水、耒(lěi)水、洣(mǐ)水等。
②迟日:春日。
③悲:为……感到悲伤。
④昔游:曾经的游赏活动。
⑤边愁:流放之时的愁绪。
⑥京国:京都,指长安。

译文

忆起当年春日游赏园林的情景,我不禁悲叹感慨。如今在流放边疆的途中,鸟语花香更引发我的哀愁。只怜惜远离京城的我往南窜走,不像这湘江水向北奔流。

赏析

唐中宗时,杜审言被贬到峰州(今越南境内)。他在渡湘江南下时,正值春临大地、鸟语花香之时。看到江水滔滔向北奔流,杜审言想到自己被贬他乡,不禁生起悲思,故作此诗。

湘江

　　湘江属于长江流域洞庭湖水系,是湖南省最大的河流。它流经永州、衡阳、株洲、湘潭、长沙等地,至岳阳市湘阴县注入洞庭湖中。

橘子洲头

　　橘子洲头位于湖南省长沙市岳麓区橘子洲的南面,橘子洲属于冲积沙洲,位于湘江江心。

　　毛泽东主席曾在橘子洲头写下著名词作《沁园春·长沙》:

独立寒秋,湘江北去,橘子洲头。

看万山红遍,层林尽染;漫江碧透,百舸(gě)争流。

鹰击长空,鱼翔浅底,万类霜天竞自由。

怅寥(liáo)廓,问苍茫大地,谁主沉浮?

携来百侣曾游,忆往昔峥嵘岁月稠。

恰同学少年,风华正茂;书生意气,挥斥方遒。

指点江山,激扬文字,粪土当年万户侯。

曾记否,到中流击水,浪遏(è)飞舟?

柳毅传书

相传,有一个家住湘江边的书生,名叫柳毅。柳毅上京赶考,在返乡的途中打算去看望一位旧友,半路休息时竟然看见一个女子。

那个女子长得很美,却穿得破破烂烂,愁容满面,身旁还有一群羊。柳毅想,在这个荒凉的地方,怎么会有一个女子?于是他上前询问。女子告诉他,自己本是洞庭龙君的女儿,被父母嫁给了泾川小龙。她的丈夫本性浪荡,并不喜欢这个总是规劝自己的妻子,而公婆又偏袒丈夫,于是她就被罚到这处荒凉地放羊。柳毅听后愤愤不平,决定帮助龙女给洞庭龙君送信。

后来,柳毅向洞庭龙君诉说了龙女的悲惨经历。龙女的叔叔钱塘君听闻这个消息后,赶赴泾川,杀掉了薄情的泾川小龙,救回了龙女。

最后,柳毅与龙女彼此钟情,结为夫妻。

永州

　　湖南永州,位于潇、湘二水交汇之处,也就有了一个雅称——"潇湘"。"唐宋八大家"之一的柳宗元曾被贬永州,他在游览此地的时候有感而发,根据自己的游历写出了《永州八记》,描述了永州的趣味之处。永州还有许多国家级非物质文化遗产,比如祁阳小调、江永女书等。

长沙

　　长沙,是湖南省的省会,位于湘江的下游。长沙是一座历史悠久的名城,在这里不仅出土了马王堆汉墓和走马楼简牍,也因历史名人屈原和贾谊而被称为"屈贾之乡"。如果想要感受长沙的文化氛围,我们还可以游览岳麓书院。岳麓书院是我国古代著名的"四大书院"之一,就位于湘江西岸的岳麓山脚下。

遥望洞庭湖

自古以来,洞庭湖就以其湖光山色吸引着诗人们前来吟诗作赋。如果说天上有一轮明月,那么,地上的明月或许就是这汪湖水吧。

原文

望洞庭①
[唐] 刘禹锡

湖光秋月两相和②,潭③面无风镜未磨。
遥望洞庭山④水翠,白银盘里一青螺⑤。

作者

刘禹锡,字梦得。唐代诗人。贞元九年(793)进士,当过太子校书、监察御史等。刘禹锡的诗风豪爽健朗,白居易评价他的诗说:"彭城刘梦得,诗豪者也。其锋森然,少敢当者。"刘禹锡"诗豪"之称自此而得。

注释

①洞庭:洞庭湖,在今湖南北部。
②和:和谐,融合。指水色与月光交相辉映。
③潭:指洞庭湖。
④山:此处指位于洞庭湖中的君山,君山又称湘山、洞庭山。
⑤青螺:青绿色的螺。这里形容君山。

译文

洞庭湖的水光和秋月相互辉映交融,湖面风平浪静,好像一面没有打磨的镜子。远远地望着洞庭湖的青翠山水,犹如白银盘里托着的一枚青螺。

赏析

诗人遥望洞庭湖，以丹青笔墨清晰地勾勒出了一幅月下秋景图。最后一句的比喻，将青山描写得十分俏皮可爱，令人心生无限遐思。

洞庭湖

洞庭湖,古称云梦。它流经岳阳、汨(mì)罗、望城、益阳、沅江、湘阴、汉寿、常德等地。作为长江流域的重要湖泊,洞庭湖的蓄洪能力很强,是成功调控水流的要地。

汨罗江

汨罗江有一段地处湖南,与洞庭湖汇集。提到汨罗江,我们最先想到的就是屈原。据说,当年屈原由于为楚王所不喜,被流放到了汨罗江边。他在这里写诗,也在这里阐述自己的理想和信念。最后,在楚都被攻破,即将面临国破家亡的命运时,他陷入极度苦闷、完全绝望之中,决定放弃自己的生命,自沉汨罗江。

湘妃竹

上古时期,有一位十分贤明的部落领袖,名为尧。他有两个女儿,大女儿叫作娥皇,二女儿叫作女英。尧年纪逐渐大了,就想要找一个接班人。他选了很多人,最终选中了舜。

于是,尧把自己的两个女儿嫁给了舜。两个女儿十分贤惠,舜也是个德才兼备的人。舜和娥皇、女英十分恩爱。

后来,舜去南方巡视,病逝于九嶷山。老百姓听闻这个噩耗,人人都痛哭不已。娥皇、女英听到了这个消息更是悲痛万分。于是,两人携手前往九嶷山寻找舜的埋身之地,却一直没有找到。两人十分绝望,只能倚靠着青竹痛哭,日复一日,她们都哭出了血泪。最终娥皇和女英投了湘江。后人便将娥皇、女英称为"湘妃"。

她们的眼泪曾经落在了青竹上,让竹子也带上了斑斑泪痕,因此这些有斑点的竹子被称为"湘妃竹"。

益阳

　　洞庭湖南岸有一座城市名叫益阳。它是全国有名的"竹子之乡""小有色金属之乡"。益阳的滨湖平原由河流冲积而成,土壤肥沃,适宜种植多种作物,是粮、棉、麻、油、糖的主要生产基地,素有"鱼米之乡"的美称。

常德的米粉

　　湖南地区很多地方都有米粉这道小吃,不同地方的米粉口味也各不相同。位于洞庭湖西部的常德市,它的米粉是一道传统风味小吃,闻名三湘。常德米粉由大米制作而成,口感爽弹。汤头的原料也有很多种,包括牛肉、猪肉、内脏、蹄筋等,鲜辣可口,独具风味。

西湖梦

"欲把西湖比西子,淡妆浓抹总相宜。"西湖就像镶嵌在杭州大地上的一颗明珠,千百年来,一直熠熠生辉。

原文

钱塘湖春行
[唐]白居易

孤山寺①北贾亭②西,水面初平云脚低。
几处早莺争暖树,谁家新燕啄春泥。
乱花渐欲迷人眼,浅草才能没马蹄。
最爱湖东行不足,绿杨阴③里白沙堤④。

作者

白居易,字乐天,号香山居士。唐代现实主义诗人。其诗以社会问题为内容,感叹时世,反映民间疾苦。白居易倡导新乐府运动,主张"文章合为时而著,歌诗合为事而作",以通俗平易的创作风格著称。其诗歌成就主要为讽喻诗和长篇叙事诗。

注释

①孤山寺:孤山,在西湖的里、外湖之间,因与其他山不相接连,所以称孤山。
②贾亭:西湖名胜之一,为唐朝贾全所筑,所以称为"贾亭"或"贾公亭"。
③阴:同"荫",指树荫。
④白沙堤:今白堤,又称沙堤、断桥堤,在西湖东畔,唐朝以前已有。

译文

从孤山寺北面到贾亭西边,湖面和堤岸持平,云层低垂。几只黄莺争相飞到向阳的树上,哪家刚从南方回来的燕子忙着衔泥筑巢。纷繁的花朵渐渐使人眼花缭乱，浅浅的青草刚刚遮没马蹄。最爱湖东的美景，总让人流连忘返。杨柳成荫之处，露出一截白沙堤。

> 赏析

　　白居易笔下这幅西湖早春图恰似东方画家笔下的水墨写意，有景有人，有静有动，有远有近，层次分明，淡雅清新。

西湖

西湖，位于浙江杭州。西湖自然风光的一大特点，就是繁花似锦，湖中有荷花，湖边有桃花、梅花、桂花等，不同的季节，都有各自美好的风光。西湖著名的景点包括一山（孤山），二塔（雷峰塔、保俶塔），三岛（小瀛洲、湖心亭、阮公墩），三堤（白堤、苏堤、杨公堤）。

西湖十景

西湖十景，基本围绕西湖分布，有的就位于西湖上，包括苏堤春晓、曲院风荷、平湖秋月、断桥残雪、花港观鱼、柳浪闻莺、三潭印月、双峰插云、雷峰夕照、南屏晚钟。

白娘子的传说

相传,很久以前,西湖的断桥上来了两个美丽的女子,一个叫白素贞,一个叫小青,她们其实是两条修炼成精的蛇。

有一天,二人来到西湖上游玩。突然,天上下起瓢泼大雨,正当二人一筹莫展之时,一个俊俏书生给二人撑起了一把伞。这个书生名叫许仙。

白素贞和许仙一见钟情,后来以给许仙还伞为契机,两人相知相惜,最终结为夫妻。

但是,不久之后,一个叫法海的和尚看出了白素贞的身份,想要降伏她。后来,法海将许仙关在金山寺里。白素贞和小青施法水淹金山寺。最终白素贞被法海镇压在雷峰塔下。

西泠印社

西泠(líng)印社,位于西湖孤山南麓,创建于清朝光绪年间。它是一个民间艺术团体,以"保存金石,研究印学,兼及书画"为宗旨。西泠印社内有多处明清古建筑,园林精雅,景致幽绝,人文景观荟萃,有"湖山最胜"之誉。

文澜阁

　　西湖孤山南麓还有一座文澜阁,它位于浙江省博物馆内。文澜阁始建于清乾隆四十七年(1782),是为珍藏《四库全书》而建造的全国七大藏书楼之一。从建筑风格来说,文澜阁是一座典型的江南园林式建筑,园内的奇石、假山颇有风韵。

走进阿尔泰山

阿尔泰山中段南坡位于我国的新疆境内，相比南方的旖旎秀丽，这里的风光更多了几分苍茫辽远与粗粝厚重。那黄沙、骏马、被疾风吹动的巨石，仿佛一个惊天动地的传奇。

原文

走马川①行奉送封大夫出师西征

[唐] 岑参

君不见走马川行雪海②边，平沙莽莽黄入天。
轮台九月风夜吼，一川碎石大如斗③，随风满地石乱走。
匈奴草黄马正肥，金山④西见烟尘飞，汉家大将西出师。
将军金甲夜不脱，半夜军行戈相拨，风头如刀面如割。
马毛带雪汗气蒸，五花连钱⑤旋作冰，幕中草檄⑥砚水凝。
虏骑闻之应胆慑，料知短兵不敢接，车师⑦西门伫献捷。

作者

岑参，盛唐著名的边塞诗人，与高适并称"高岑"。其边塞诗富有浪漫主义色彩，想象丰富，热情奔放。他尤擅七言歌行。

注释

①走马川：地名，在北庭川，今新疆古尔班通古特。
②雪海：在天山主峰与伊塞克湖之间。
③斗：一种炊具。
④金山：阿尔泰山。
⑤连钱：马斑驳的毛色。
⑥檄（xí）：讨伐敌军的文书告示。
⑦车师：是唐时北庭都护府治所北庭城，在今新疆境内。

译文

　　看那荒凉的走马川边是雪海，茫茫黄沙连云天。九月时的轮台整夜狂风怒吼，斗大的碎石被巨风吹得满地乱跑。匈奴地界正是草黄马肥时节，金山西面硝烟尘土漫天，那是汉家大军正挥师西征。行军至半夜，将军不脱战甲，军队矛戈相互碰撞，风吹脸上冷如刀割。马儿身上落着雪且蒸腾着汗气，转瞬间又凝结成冰，军帐中起草檄文所用的砚墨也已冻凝。敌军听闻我军的消息应该闻风丧胆，料想他们也不敢和我军刀剑相搏，我就在车师西门等着捷报到来。

赏析

　　岑参曾任安西北庭节度判官，受到大唐名将封常清的赏识。这首诗是他为封常清出兵壮行，因此内容中既有对战争艰难和军人勇毅的描写，又预祝主帅马到功成。全诗气势豪放，节奏有力，奔腾激荡，雄浑壮美，想象奇特，堪称边塞诗中的绝唱。

阿尔泰山脉

  阿尔泰山脉，部分位于我国新疆境内。阿尔泰山脉、天山山脉、昆仑山脉与准噶尔盆地、塔里木盆地，形成了"三山夹两盆"的地势格局。阿尔泰山脉上有丰富的植被和野生动物资源，且被保护得很好。这里既有桤木、枞木等珍贵植物，也有红隼、雕、鹰、熊、猞猁、雪豹等野生动物。

乌伦古河与乌伦古湖

  乌伦古河，发源于阿尔泰山，河内水质肥沃，有许多水生动植物，其中的鱼类有贝加尔雅罗鱼、河鲈等。乌伦古河流入一个内陆湖——乌伦古湖。乌伦古湖是天山以北最大的内陆湖泊，它的生态环境非常好，是休闲游玩的好去处。

周穆王的脚印

喀纳斯风景区位于阿尔泰山中段。"喀纳斯"是蒙古语，意为富饶美丽、神秘莫测。

喀纳斯风景区里有著名的喀纳斯河与喀纳斯湖。喀纳斯河流经之地形成了一连串河湾，其中有一处被称为月亮湾。月亮湾的河床边缘有两块草滩，形状如同两只脚掌，关于这两块草滩还有一个神奇的传说。

据说，当年周朝天子周穆王巡游天下，来到了西王母管辖的地域，西王母设盛宴招待了周穆王。两人在宴席上相谈甚欢，互相唱和，互赠礼物，还约定再次见面的时间。相传，周穆王赴宴的地方就在这里，而那两块脚掌形状的草滩就是周穆王留下的脚印。

金山

  阿尔泰山又称"金山",顾名思义,这是一座矿藏丰富的山脉,蕴藏有黄金、有色金属、宝石等。这里丰富的有色金属和稀有金属矿藏是我国重要的金属资源储备。

狗头金

　　狗头金是形状不规则、颗粒比较粗糙、含有杂质、黄金纯度有限的天然金块。有人以其形似狗头，称之为狗头金。阿尔泰山上就发现过狗头金。

红尘土木

最忆是金陵

南京，古称金陵，是著名的六朝古都。金陵的美，在曾经辉煌的宫殿内，在温软的秦淮河上，在香甜的脂粉里，在熏人的暖风中。

原文

登金陵①凤凰台
[唐] 李白

凤凰台上凤凰游，凤去台空江自流。
吴宫②花草埋幽径，晋代③衣冠④成古丘⑤。
三山⑥半落青天外，二水⑦中分白鹭洲。
总为浮云能蔽日⑧，长安不见使人愁。

作者

李白，字太白，号青莲居士。唐代伟大的浪漫主义诗人，有"诗仙"之称。李白从民间故事和神话传说中汲取了大量养料和素材，其诗雄奇豪放，想象丰富绚烂，语言流畅，音律和谐多变，存世诗文千余篇。

注释

①金陵：江苏南京的古称。
②吴宫：三国时吴国建都金陵时所筑的宫殿。
③晋代：东晋也建都于金陵。
④衣冠：代指名门望族。
⑤丘：坟墓。
⑥三山：在江苏南京市西南长江东岸，以有三峰得名。
⑦二水：秦淮河流经南京后，入长江，被白鹭洲分为二支。
⑧浮云能蔽日：比喻谗臣当道。

译文

凤凰台上曾经有凤凰翔游,如今凤凰飞去,凤凰台空寂,只有江水依旧奔流。吴国宫殿的荒凉小径已被花草掩盖,晋朝士族如今只剩得山上的一丘丘古墓。云雾中隐现的三山如在青山之外,白鹭洲将江水一分为二。总有奸臣当道犹如浮云遮挡住太阳,令我再也看不见长安,心中悲苦万分。

赏析

相传,李白因遭奸人谗害,被唐玄宗逐出长安城,之后他游历江南,来到金陵登览凤凰台,其间写下本诗。诗中李白触景生情,感慨自己的不幸遭遇,抒发了壮志难酬的苦闷心情。

金陵

金陵是南京的古称,是我国四大古都(西安、南京、北京和洛阳。西安旧称长安,南京旧称金陵,北京旧称燕京、北平,洛阳旧称洛邑、洛京)之一,也是六朝古都。金陵在古代对南方地区的政治、经济、文化有着十分重要的作用和影响。如今,南京也是我国长江三角洲地区的重要城市之一。

秦淮河

秦淮河是南京的地域性河流。秦淮河既有历史文化意义,又对沿河两岸起到了灌溉、航运的作用。古时候,秦淮河两岸十分繁荣,特别到明清两代,秦淮河畔金粉楼台,鳞次栉比;画舫穿行,桨声灯影,如梦如幻。

鸡鸣寺的传说

传说,南京玄武湖边曾有一只蜈蚣精,它经常放毒危害人间,使得附近的老百姓苦不堪言。天帝看不过去,决定派一只金鸡对付蜈蚣精。

这天,蜈蚣精又在放毒害人,忽然一阵金光灿烂,一只金鸡从天而降。金鸡看到蜈蚣精,便开始啼鸣,震耳欲

聋的声音让蜈蚣精无法承受。但是,蜈蚣精心有不甘,它一边朝着金鸡爬去,一边对金鸡放毒,而金鸡也奋力与之搏杀。

最后,蜈蚣精被金鸡啄死了,金鸡也被蜈蚣精毒伤而死。老百姓为战死的金鸡哭泣时,蜈蚣精的尸体忽然变成一座山,接着金鸡的尸体也化成一座山,仿佛随时监视着对方。人们感念金鸡的功劳,于是就建了一座鸡鸣寺。

明孝陵

　　明孝陵坐落在南京玄武区紫金山附近,是明太祖朱元璋和他的皇后马氏的合葬之处。其规模十分宏大,即便历经风雨摧残,许多建筑和石刻已经残缺甚至消失,但仍然具有很高的艺术价值。

夫子庙

夫子庙,是中国四大文庙(南京夫子庙、北京孔庙、曲阜孔庙和吉林文庙)之一。在古代,孔子所开创的儒家学派对皇室和民间的影响都十分巨大,人们在南京修建夫子庙,就是作为祭奠、供奉孔子的地方。很多名人都去过夫子庙,比如周瑜、李白等。今天,夫子庙作为南京的代表建筑之一,成了享誉国际的旅游胜地。

长安明月

西安，古称长安，是十三朝古都。它历经秦汉风云，隋唐烟雨，以王者的气势，引得后世人仰慕。

原文

月夜
[唐] 杜甫

今夜鄜州①月，闺中只独看。
遥怜②小儿女，未解忆长安。
香雾云鬟湿，清辉玉臂寒。
何时倚虚幌③，双照泪痕干。

作者

杜甫，字子美，自号少陵野老，唐朝伟大的现实主义诗人，其祖父是初唐诗人杜审言。杜甫曾担任过左拾遗、检校工部员外郎等官职，因此又被称为杜拾遗、杜工部。他以古体、律诗见长，以叙事入诗。其诗歌风格沉郁顿挫，语言精练，饱含着对国运、民生疾苦的关怀，被称为"诗史"。后人称他为"诗圣"。

注释

①鄜（fū）州：今陕西富县。当时杜甫正在长安，其家眷在鄜州羌村。
②怜：想。
③虚幌：透明的窗帷。

译文

今夜鄜州夜空的那轮明月，只有你在闺房中独自仰望。遥想家中幼小的儿女，还不懂思念长安的父亲。雾气沾湿了你的鬟发，明月的清光让你的手臂发冷。什么时候才能和你再相依于帷幔旁，拭干泪痕，共享月色。

赏析

安史之乱时，太子李亨仓皇北上，长安沦陷，此后李亨在灵武登基，史称唐肃宗。得知唐肃宗登基的杜甫把家人安顿在鄜州的羌村，独自赶赴灵武投奔唐肃宗，途中却被叛军俘虏到长安，滞留在沦陷的国都。诗人独在异地，恰逢月圆，对月思家，遥想亲人，写下《月夜》一首，表达对家人的深切思念。

长安

  长安,具有悠久的历史,是十三朝古都,对中华文明的发展有重大的意义。它曾是秦朝、汉朝、唐朝等的国都,见证了我国封建社会时期黄金帝国的崛起、发展、繁荣、昌盛和衰落。从地理位置上看,长安是陆上丝绸之路的起点,沟通了中华文明与西域各地的经济和文化联系。

长相思

[唐] 李白

长相思,在长安。
络纬秋啼金井阑,微霜凄凄簟色寒。
孤灯不明思欲绝,卷帷望月空长叹。
美人如花隔云端。
上有青冥之高天,下有渌水之波澜。
天长路远魂飞苦,梦魂不到关山难。
长相思,摧心肝。

李白与长安

李白的才华在当时广为人知,他的盛名也传到了皇帝的耳中。

李白被唐玄宗李隆基召为翰林供奉。当时的李白或许觉得自己一展才华的时候到了,谁曾想,皇帝更多的是对他文采的喜爱,而李白个人的政治抱负并不是做一个成天只能吟诗作对的宠臣。或许正是因为这

种矛盾,李白才整天喝酒,在酒醉中麻痹自己。

当时的长安的规模和富有程度在世界上都名列前茅。那里有胡人商户,有金发碧眼的胡姬,也有从日本和朝鲜来的僧人和留学生……这座如天堂般的城市让李白流连忘返,也让他痛苦。最后,李白还是离开了长安。

后来,安史之乱爆发,唐玄宗被困,李白身死,盛唐逐渐走向了衰败。

华清池

在西安临潼骊山北麓，有一座唐朝的皇家宫苑遗址——华清宫。华清池就位于华清宫遗址之上。华清池因其温泉资源、唐玄宗与杨贵妃的爱情故事、"西安事变"发生地而享誉海内外。据说，唐玄宗十分宠爱杨贵妃，时常带她去华清池沐浴。白居易《长恨歌》里有"春寒赐浴华清池，温泉水滑洗凝脂。侍儿扶起娇无力，始是新承恩泽时"的句子，说的就是这件事儿。

西安碑林

　　西安碑林，即西安碑林博物馆，藏品以历代碑石、墓志及石刻造像为主，具有很高的艺术价值和历史研究价值。碑林里有很多杰出书法家的传世名作，如汉《曹全碑》、唐颜真卿《多宝塔碑》等，可以说是书法爱好者的天堂。

洛阳如花

古都洛阳有举世闻名的龙门石窟、佛教圣地白马寺等,也有"甲天下"的牡丹。这是一座如花般美丽的城市,也是一座有故事的城市。

原文

浪淘沙
[宋] 欧阳修

把酒①祝东风②,且共从容。垂杨紫陌③洛城④东。总是当时携手处,游遍芳丛⑤。

聚散苦匆匆,此恨无穷。今年花胜去年红。可惜明年花更好,知与谁同?

作者

欧阳修,字永叔,号醉翁,晚号六一居士。北宋政治家、文学家,"唐宋八大家"之一。他的诗、词、散文都堪称一绝。欧阳修既有自己的政治主张,也有自己的文学倡议。他推行新政,改革文风,是一个很有革新精神的人。

注释

①把酒:手持酒杯。
②东风:春风。
③紫陌:指京城郊外的道路。
④洛城:洛阳。
⑤芳丛:花丛。

译文

举杯祝祷春风,只希望这春天能多留些时日,不要匆匆离去。洛阳城东郊外的小路上已是柳枝低垂,那是我们曾经携手游玩的地方,彼时我们游遍了花丛。

人间的聚散总是太匆匆,离别的愁怨无法穷尽。今年的花比去年开得更美更艳。而明年的花肯定会更加美好,可惜不知那时我将与谁一起游览呢?

赏析

这首词是欧阳修与故人重游洛阳故地时创作的,后世学者认为这位故人当是梅尧臣。上片词人追忆与昔时友人欢聚的良辰美景,下片写与朋友别后的无限离恨,全词抒发了词人关于人生聚散无常的感叹。

洛阳

洛阳位于河南省西部,是华夏文明重要的发祥地之一,因地处洛河之阳而得名。洛阳是一座历史源远流长、文化底蕴深厚的千年古都。夏都二里头、偃师商城、东周王城、汉魏故城、隋唐洛阳城五大都城遗址沿洛河一字排开,"五都荟洛",世所罕见。

洛阳牡丹甲天下

如果要将一座城市赋予花的品格,那么洛阳一定是牡丹花。都说洛阳牡丹甲天下,洛阳牡丹的种植历史可以追溯到隋唐时期。千百年来每到花开时节,这些牡丹花就会引来无数游人的观赏。洛阳牡丹品种奇多,其雍容华贵的特点也十分符合我们中国人大气的审美观。

河图、洛书

大禹治水是一个家喻户晓的神话传说,据说大禹治水过程中的艰辛感动了天地神灵,因而很多神灵都来帮助他。

大禹治水的牺牲精神感动了河神,于是,河神给了大禹一册河图。通过仔细研究河图,大禹发现了真正治理洪水的方式不是围堵而是疏通,于是,他成功地疏导了洪水,逐渐缓解了水灾带给百姓的伤害。

但是如何治理这片土地又成了一个难题。有一天,大禹来到洛水旁,走着走着,忽然发现洛水之中似乎有什么东西在涌动。他走近一看,只见一只灵龟慢慢地从水里浮了出来,灵龟的背上还背着一样东西,这就是洛书。据说洛书之中蕴含了天地之间的玄妙秘密,大禹研究洛书后恍然大悟,于是将天下分为九州来治理,奠定了中华大地的治理雏形。

二里头遗址

二里头文化的历史可以追溯到我国的夏商时期。根据这个遗址出土的建筑格局和历史文物，我们可以看出，这里不仅有宫殿，还有民居和作坊，其中有大量的陶器、铜器等，我们可以借此想象当时人们的生活和生产活动的情景。

关林

  三国时期蜀国有一员大将,就是被后世称为"武圣人"的关羽。相传,关羽败走麦城之后被杀,他的首级就被安葬在现在的洛阳关林镇。在我国有很多祭拜关羽的庙宇,唯独关林有些不同,它的整个格局包括庙宇、墓冢、林,这里的殿堂、石碑等有着我国古代建筑文化的鲜明特色。

歌在锦官城

古人云：少不入川，老不出蜀。位于"天府之国"的锦官城确实是一座温柔乡，容易磨灭英雄之志。不信你听，不知从谁家传来了丝竹管弦的乐音，恍若仙乐，让人陶醉。

原文

赠花卿①
[唐] 杜甫

锦城②丝管③日纷纷④，半入江风半入云。
此曲只应天上有，人间能得几回闻⑤。

作者

杜甫，字子美，自号少陵野老，唐朝伟大的现实主义诗人，其祖父是初唐诗人杜审言。杜甫曾担任过左拾遗、检校工部员外郎等官职，因此又被称为杜拾遗、杜工部。他以古体、律诗见长，以叙事入诗。其诗歌风格沉郁顿挫，语言精练，饱含着对国运、民生疾苦的关怀，被称为"诗史"。后人称他为"诗圣"。

注释

①花卿：成都尹崔光远的部将花敬定，曾因平叛立过功。
②锦城：锦官城，就是成都。
③丝管：指弦乐器和管乐器。这里代指音乐。
④纷纷：形容那种轻悠、柔靡，错杂而又和谐的音乐效果。
⑤闻：听。

译文

锦官城里每天都回荡着轻柔悠扬的音乐声，一半随江风飘散，一半飘向了云端。这样美好的音乐只能是天上才有的，人间众生能够听到几回呢？

> **赏析**

关于这首诗,有多种解读。其中一种是,在封建社会的等级制度中,君、臣、民之间有严格的界限和礼法。杜甫在花敬定的府中听到"只应天上有"的乐曲时,是否表示花敬定有擅自逾越礼法,僭用天子音乐的行为?因此,这可能是一首讽刺诗。

锦官城

诗中的"锦城"说的就是现在的四川成都,之所以叫这个名字,是因为成都曾经以锦闻名,这种产自蜀地的锦,被称为"蜀锦"。这种丝织品精美细致,有漂亮的花纹,受到很多地方人们的喜爱。因其稀少而珍贵,古时的一些政府为了统一管理生产和销售环节,就设置了"锦官"一职。

辣的风味

说到成都,我们就能想到川菜,而提到川菜,就离不开一个字——辣。成都的饮食离不开辣椒,这里的辣椒鲜香美味,再加上大量的花椒等调味品,就形成了自己独特的风格——麻辣。独特的四川饮食造就了独特的川菜菜系。川菜最著名的菜肴有麻婆豆腐、麻辣兔头、夫妻肺片等。

都江堰的神话传说

都江堰是秦昭王时期蜀郡太守李冰父子带领广大群众修建的大型水利工程,福泽成都平原千百年。

相传,在很多年以前,岷江附近每到雨季就会有洪水淹没附近的村庄和庄稼,老百姓苦不堪言。大家都说水里有妖怪,所以才会有这样大的水灾。老百姓因为恐惧妖怪,也

为了祈求风调雨顺,就每年献祭三牲和童男童女。但是,洪水仍然泛滥,淹没一切。

后来,秦王派李冰担任蜀郡太守,李冰看到老百姓为了祈求不发洪水而献祭自己的子女,十分不忍心,于是痛心地决定用自己的孩子来做祭品。但是,河中的妖怪并不受李冰的献祭,李冰愤怒之下决意与妖怪对决。妖怪化作了一头牛从水中跳出来,李冰也化作了一头牛,两头牛便缠斗在一起。最终,在李冰和李冰下属的合力攻击下,妖怪被射杀。妖怪死后,李冰和老百姓疏通了宝瓶口,驯服了洪水。

金沙遗址

　　金沙遗址是公元前 12 世纪至公元前 7 世纪长江上游古代文明中心——古蜀王国的都邑。金沙遗址博物馆就坐落于成都,其镇馆之宝是太阳神鸟金饰,这个金饰造型也是博物馆的标志。太阳神鸟金饰采用镂空技术,中间是一个太阳的形象,在太阳的周围则围绕着四只展翅飞翔的神鸟。其历史、艺术与科学价值极高。

三星堆遗址

　　三星堆遗址是我国古蜀文化的代表，因为出土的文物精美且特异，也被人戏称为"外星人文明"。这些文物中具有代表性的有青铜大立人和青铜面具，它们造型独特，尤其是眼睛突出而有神。遗址出土的青铜神树，造型精细复杂，在重力、平衡、审美方面的设计都出人意料。

赤壁怀古

赤壁曾有一场史上留名的战争。这场战争使得众多的英雄声名鹊起,也让无数的生命消失在硝烟中,从而引得后世文人们在此吟诗作赋,吊古伤今。

原文

念奴娇·赤壁怀古
[宋]苏轼

大江东去,浪淘尽,千古风流人物。故垒①西边,人道是,三国周郎赤壁。乱石穿空②,惊涛拍岸③,卷起千堆雪。江山如画,一时多少豪杰。

遥想公瑾④当年,小乔⑤初嫁了,雄姿英发。羽扇纶巾⑥,谈笑间,樯橹⑦灰飞烟灭。故国神游,多情应笑我,早生华发。人生如梦,一尊⑧还酹⑨江月。

作者

苏轼,字子瞻,又字和仲,号东坡居士,世称苏东坡。苏轼是北宋文坛巨匠,诗、词、文皆精。其词开豪放一派,与辛弃疾并称"苏辛"。

注释

①故垒:古时遗留下来的营垒。
②乱石穿空:乱石林立,仿佛要刺破天空。
③惊涛拍岸:怒号的浪涛拍打着江岸。
④公瑾:三国时期吴国名将周瑜,字公瑾。
⑤小乔:周瑜的妻子,是当世的美人。
⑥羽扇纶(guān)巾:古时候儒将的装扮。羽扇,羽毛制作的扇子。纶巾,佩有青丝带的头巾。
⑦樯橹:代指曹操的水军战船。
⑧尊:同"樽",酒杯。
⑨酹(lèi):把酒浇在地上,以表示凭吊。

译义

　　大江之水滚滚东流，历史如巨浪淘沙，带走了多少英雄人物。旧营垒的西边，人们都说那是三国时期周瑜大破曹军的赤壁战场。岸边乱石耸立直指天空，浪花冲击石壁，翻卷犹如覆雪一般。江山美好如画卷，曾有多少英雄豪杰涌现。

　　遥想当年的周瑜，小乔刚刚嫁给他，那时的他俊朗神勇，手摇羽扇，头戴纶巾，谈笑之间就将敌人的战船烧成灰烬。如今我在古战场神游往昔岁月，可笑我如此自作多情，不可避免白发早生。人生犹如一场大梦，且洒一杯酒，以祭奠这江上明月。

赏析

　　这首词笔力雄健、气象开阔，一扫北宋词坛缠绵婉约之风，被誉为"千古绝唱"。

赤壁

赤壁,位于我国湖北省。看到"赤壁"二字,我们立刻会联想到"赤壁之战"。赤壁之战发生在东汉末年,刘备与孙权结盟一起对抗曹操大军,并取得了胜利。这场战役使用了很多巧妙的战术,成为军事史上具有代表性的以少胜多的战役,并以此奠定了"三国鼎立"的局面。

赤壁大战陈列馆

在湖北咸宁市下辖的赤壁市,有一座赤壁大战陈列馆,这个陈列馆开馆于20世纪90年代,专门用来纪念赤壁之战。陈列馆里有一个圆形大厅,还有三个陈列室,暗含了"三足鼎立"的意思。

七星坛巧借东风

相传,在赤壁战场上,面对曹操大军,诸葛亮和周瑜都想到了火攻的战术。不过,隆冬时节,此地很少有东南风出现,若没有东南风,火攻之计也就不能成功。想到此处,周瑜一时烦恼焦虑,惆怅万分。诸葛亮知道这件事后,对周瑜说:"我有办法解君忧愁。"周瑜忙问诸葛亮有何计策,诸葛亮说:"我曾习得奇门遁甲之术,现在可在山上建一七星坛,便能借来东风。"周瑜听了十分欢喜,对诸葛亮的忌惮也更加深重。

可是,三天过去了,依旧没有东南风吹来,有人就怀疑诸葛亮在故弄玄虚,周瑜却说,诸葛亮此人有大才,必能借来。果然不出周瑜所料,这一天夜半三更之时,东南风果然吹来了。于是,周瑜命人火烧曹军战船,大败曹军。之后,周瑜对属下说,诸葛亮此人有鬼神之才,但是他不为我们所用,只能将其斩杀。

但是,等众人赶到山上想要杀掉诸葛亮的时候,却发现坛在人空,原来诸葛亮已经料到周瑜的想法,早就跑掉了。

赤壁青砖茶

  中国是茶的故乡。茶叶的种类十分丰富,如青茶、黄茶、黑茶、白茶、绿茶、红茶等。湖北赤壁有一种特产,名为"青砖茶"。青砖茶口味醇厚,茶汤为深琥珀色,香气独特,令人回味无穷。

黄盖湖

在湖南和湖北的交界处,有一片湖水,叫作"黄盖湖"。湖中碧波荡漾,上有飞鸟,内有游鱼,四周环树,风景美妙。湖水的名字源自三国历史中的一位名人——黄盖。据说,因黄盖为赤壁之战的胜利做出了贡献,又因他曾在此处练兵,于是孙权就将这片湖水以黄盖之名命名。

千里通济渠

通济渠曾经水波荡漾，见证过一个朝代的兴亡，也见过南北商贸往来、经济繁荣的岁月。最终，一切都归于岑寂。

原文

汴河①怀古二首·其二
[唐] 皮日休

尽道隋亡②为此河，至今千里赖通波③。
若无水殿龙舟事④，共禹⑤论功不较多。

作者

皮日休，字逸少，后改为袭美。晚唐诗人。早年住在鹿门山，自号鹿门子，其诗文兼有奇、朴二态，多为同情民间疾苦之作。

注释

①汴河：通济渠。
②隋亡：隋朝灭亡。隋炀帝修建大运河，耗费了国力财力，百姓怨声载道，导致天下大乱，隋朝灭亡。
③赖通波：川流不息，航运不止。
④水殿龙舟事：指隋炀帝通过运河下扬州的事情。
⑤禹：大禹。

译文

都说隋朝灭亡是因为修建大运河，但至今千里通渠航运还是依靠它。如果没有乘龙舟下扬州游玩的事情，那么，隋炀帝的功绩就堪比大禹治水了。

赏析

　　隋炀帝征调大量民夫,将谷、洛二水由洛阳西郊引入黄河,经黄河入汴水,再引汴水入泗水以达淮河,开掘了称为通济渠的运河。因其主干在汴水,故也称"汴河"。诗人借汴河怀古曲折地表达了对昏庸腐败的晚唐统治者的不满。

通济渠

通济渠,开凿时间可以追溯到隋朝,是中国古代劳动人民的血汗结晶。自河南荥阳出黄河,经鸿沟、蒗荡渠、睢水通淮河,是隋唐大运河的首期建设阶段。通济渠开通以后,对当时帝国的运输和后世经济都产生了重大影响。

隋唐大运河

隋炀帝杨广虽然被认为是比较暴虐的君王,但是,他在位时期也有重大贡献,其中之一就是修建隋唐大运河。这条运河经过我国很多富庶之地和政治中心,如河南、北京、山东、江苏、安徽等地。隋唐大运河既构建了我国历史上一条意义非凡的水上交通要道,也是一项福泽后世的水利工程。

通济渠巡游

通济渠开通以后,隋炀帝杨广就开始了声势浩大的巡游。

当时巡游的宫船被称为"龙舟",龙舟队伍浩浩荡荡,看不到尽头。龙舟之上雕梁画栋、金碧辉煌,恍若一座移动的豪华宫殿。除了皇帝,龙舟上还有后宫嫔妃

和皇亲国戚,他们不停地收取沿岸官员送来的贡品。船上的人吃喝玩乐,乐不思蜀。地方官员和老百姓苦不堪言。

这样的巡游不止一次。当时已经出现了反抗的苗头,很多人力劝皇帝不要游乐,应将精力放在治理国家上。杨广却一意孤行,决定继续巡游。沿途有人来阻挡皇帝,规劝他不要享乐,要关注黎民百姓的需求,他却杀掉来人,继续前行。

最后,当杨广到达目的地时,禁卫军将领宇文化及发动兵变,诛杀了他。隋朝从此灭亡。

荥阳故城

　　在河南郑州,有一处荥阳故城,这是古时的一处军事要地,我们现在仍然能看到一些城墙等的残垣断壁。这里的地形依山傍水,可以直通洛阳、长安等地,地理位置十分优越。

鸿沟

鸿沟，位于河南境内。在楚汉相争时期，刘邦和项羽就以鸿沟为临时分界，各自划分自己的领域，鸿沟以西是刘邦的地界，鸿沟以东则归项羽所有，两军相约互不侵犯。因此，"鸿沟"这个词在现代汉语中有"明显的分界"之意。

人间楼宇

大美多景楼

多景楼是镇江北固山的风景胜地,宋元以来一直是历代文人雅士聚会赋诗之所。透过这些诗句,我们仿佛能听到大江涛声,感悟沧桑巨变。

原文

月上瓜洲·南徐多景楼①作

[宋] 张辑

江头又见新秋,几多②愁?塞草连天何处是神州③?英雄恨,古今泪,水东流。惟有渔竿明月上瓜洲④。

作者

张辑,生卒年不详,字宗瑞,号东泽。南宋词人。受诗法于姜夔,著作有《欸乃集》《东泽绮语债》,今不存。

注释

①多景楼:位于江苏镇江北固山甘露寺内。
②几多:多少。
③神州:此指金人统治下的中原地区。
④瓜洲:瓜洲本为长江中的沙洲,其状如瓜,运河由此入长江。

译义

江头又到一年的秋天,增添了多少新愁。边塞衰草连天,山河破碎,哪里才是我们的中原大地?

英雄们留下绵绵遗恨,徒令登临之人洒一捧吊古伤今的眼泪,一切都随着江水东流而逝了。如今只有一轮明月从瓜洲冉冉升起,月光照在独自垂钓的我的身上。

> 赏析

这首词凝聚着感时伤世、悲慨深切的爱国精神。余音袅袅,令人回味无穷。

多景楼

多景楼与岳阳楼、黄鹤楼并称为"万里长江三大名楼",宋元以来经常是文人雅士聚会的场所。如北宋欧阳修、苏轼,南宋辛弃疾、陆游等都在这里留下了许多著名诗篇。多景楼分为两层,四面都能看到飞檐峭壁,人在楼内,恍若在空中,楼内雕梁画栋,又有美景当前,因此,被北宋书法家米芾称为"天下江山第一楼"。

甘露寺

多景楼所处的甘露寺,风景优美,且具有历史与文化价值。相传,三国时期,刘备借荆州不还,于是东吴的孙权就用周瑜的计策,假意为自己的妹妹孙尚香招亲,等将刘备骗来后就扣押他,逼他还回荆州。谁知就在甘露寺中,诸葛亮将计就计,反而促成了刘备和孙尚香的婚事,使东吴"赔了夫人又折兵"。

米芾的故事

镇江有一个著名的书画家，名叫米芾，关于他有很多民间传说。

相传，有个文人和米芾家颇有些交情，但米芾却十分看不上他，因为这个人总是喜欢攀附权贵。米芾的书画在当时名气很大，很多达官显贵为了求得他的一幅真迹都想尽了办法。一天，这个文人来找米芾，央求米芾给自己画一幅画，他要把画送给一个大官，好攀一些交情。米芾出于情面答应了下来，但是文人下次来的时候米芾还没有动笔。就这样，文人求了米芾三年多，米芾烦不过，于是文人再次来求画时，他就说马上去画，便走进了画室。进去没一会儿，米芾就手拿画卷出来了。他把画递给文人并告诉他，这画只有拿回家之后才能看。

文人拿着画走在路上，在过一座桥的时候，心里实在疑惑，便展开画卷，想看看米芾到底画了什么。谁知道，画卷一被展开，似乎有什么东西"扑通"一声掉进了桥下的河水之中，画卷上一片空白，而在河水里竟然出现了两个月亮。原来米芾画的是一个月亮。文人捞了很久都没有把月亮捞上来。后来，有人说米芾就是包了个砚台进去，他这是故意教训文人呢。

北固山

  多景楼在北固山上，北固山本身也是镇江名山。北固山趋临长江，山势险要，地形多变，颇有"一夫当关，万夫莫开"的气势，所以，北固山也有"天下第一江山"的名号，它的名字"北固"也由此而来。

镇江

　　江苏镇江是一座千年古城,古时也称"京口""润州"等。它位于长江与京杭大运河"十"字交汇处,是长江三角洲地区重要的港口、工贸和风景旅游城市。镇江内景点很多,如金山、焦山、北固山、西津渡历史文化街区等都值得一游。

"瑰伟"滕王阁

滕王阁能够流传千古，与一位诗人和一首诗有关。诗人名叫王勃，诗就是《滕王阁》。诗和人一样，有种天地悠远的韵味，让人心生向往。

原文

滕王阁[1]

[唐] 王勃

滕王高阁临江渚，佩玉鸣鸾罢歌舞。
画栋朝飞南浦云，珠帘暮卷西山雨。
闲云潭影日悠悠，物换星移几度秋。
阁中帝子[2]今何在？槛[3]外长江空自流。

作者

王勃，字子安，与杨炯、卢照邻、骆宾王以诗文齐名，并称"王杨卢骆"，即"初唐四杰"。他的作品有《王子安集》十六卷。

注释

①滕王阁：位于江西南昌赣江东岸，"江南三大名楼"之一。
②帝子：指滕王李元婴。
③槛（jiàn）：栏杆。

译文

巍峨的滕王阁临江耸立，当年众人挂着琳琅玉佩，坐着鸾铃马车来参加聚会、欣赏歌舞的场面已经消失了。朝朝暮暮，只有南浦的层云掠过彩绘的楼阁，西山的细雨吹打着珠帘。安闲的云朵倒映在潭水中，时光悠悠不尽，而人事变迁、斗转星移，不知已经度过了多少个春秋。修建此阁的滕王如今又在哪里呢？唯有栏杆外的江水默默流向远方。

赏析

唐高宗上元三年（676），王勃去交趾探望父亲，途经洪州（今江西南昌），遇到都督阎伯屿在滕王阁上宴请宾客，便参加了宴会并即兴写出《滕王阁序》。这是序末所附的诗，写得瑰丽工整，千古流传。

滕王阁

"落霞与孤鹜齐飞,秋水共长天一色",这句流传千古的佳句出自《滕王阁序》,它所描写的正是诗人在滕王阁所见的风景。"滕王阁"的名称源于它的建设者,即唐太宗的弟弟滕王李元婴。滕王原在山东滕州筑有滕王阁,后来他被调任到南昌,又建了一座楼阁,依旧冠名"滕王阁"。

滕王阁序(节选)
〔唐〕王勃

豫章故郡,洪都新府。星分翼轸,地接衡庐。襟三江而带五湖,控蛮荆而引瓯越。物华天宝,龙光射牛、斗之墟;人杰地灵,徐孺下陈蕃之榻。雄州雾列,俊采星驰。台隍枕夷夏之交,宾主尽东南之美。都督阎公之雅望,棨戟遥临;宇文新州之懿范,襜帷暂驻。十旬休假,胜友如云;千里逢迎,高朋满座。腾蛟起凤,孟学士之词宗;紫电青霜,王将军之武库。家君作宰,路出名区;童子何知,躬逢胜饯。

唐伯虎登滕王阁

唐伯虎是明朝人,他琴棋书画、诗词歌赋样样精通,是个难得的才子。

相传,有一回,唐伯虎接到了宁王朱宸濠的请帖,邀请他去南昌。他一直很向往南昌的滕王阁,便答应了邀约。

唐伯虎到了南昌后,宁王就派人来请他一聚,这次在宴席上作陪的还有宁王的娄妃。娄妃娴雅聪慧,也表现出对唐伯虎才华的欣赏。

几天后,唐伯虎决定去滕王阁一游,中途又被宁王请去聚会。在宴席之上,宁王终于对唐伯虎表达了自己的野心。原来,宁王早就有不臣之心,想要推翻当朝皇帝取而代之,此次邀请唐伯虎就是让他帮自己。唐伯虎听了这话,大惊。他不敢立刻拒绝,只能佯醉离开。离开后的唐伯虎带着烦恼去了滕王阁。此时,娄妃派人送来一个含当归的药方和一盘枣、一盘梨。唐伯虎一见便明白了娄妃的意思,"当归"暗示"应当归去",枣和梨暗示"早离"。

之后唐伯虎装疯逃过了宁王的招揽。宁王发动兵变失败而被杀,娄妃也自尽了。

海昏侯墓

  西汉海昏侯墓位于南昌新建区大塘坪乡观西村，于2011年被发现，经过分析研究，墓主人被确认是汉废帝，也就是第一代海昏侯刘贺。海昏侯墓保存完好，出土文物十分丰富，包括金器、青铜器、铁器、玉器、漆木器、简牍、木牍等各类珍贵文物。海昏侯墓形象地再现了西汉时期高级贵族的生活，展现了海昏文化的梦想与荣光。

八大山人纪念馆

南昌有我国第一座古代画家纪念馆,即"八大山人纪念馆"。馆内藏有八大山人的几十幅真迹。八大山人生活于明末清初,其姓名为朱耷,"八大山人"是他的别号。他的画作风格写意、形神兼备,影响了后世很多大画家,如齐白石、张大千等。

岳阳天下楼

　　岳阳楼，在洞庭湖畔，建筑精美，气势雄伟。千百年来，文人墨客登临此楼，凭栏抒怀，留下了无数精彩的故事和诗篇。

原文

登岳阳楼[①]

[唐] 杜甫

昔闻洞庭水，今上岳阳楼。
吴楚[②]东南坼[③]，乾坤[④]日夜浮。
亲朋无一字[⑤]，老病有孤舟。
戎马[⑥]关山北[⑦]，凭轩[⑧]涕泗流[⑨]。

作者

　　杜甫，字子美，自号少陵野老，唐朝伟大的现实主义诗人，其祖父是初唐诗人杜审言。杜甫曾担任过左拾遗、检校工部员外郎等官职，因此又被称为杜拾遗、杜工部。他以古体、律诗见长，以叙事入诗。其诗歌风格沉郁顿挫，语言精练，饱含着对国运、民生疾苦的关怀，被称为"诗史"。后人称他为"诗圣"。

注释

①岳阳楼：在今湖南岳阳。
②吴楚：春秋时期的吴国和楚国。今湖南、湖北及安徽、江西一部分为古楚之地；今江苏、浙江及安徽、江西一部分为古吴之地。
③坼（chè）：裂开。
④乾坤：指日和月。
⑤无一字：没有音信。字，此处指书信。
⑥戎马：指代战事。
⑦关山北：北方边境。
⑧凭轩：倚着窗户。
⑨涕泗流：泪流满面。涕为眼泪，泗为鼻涕。

> **译文**

　　早就听说过洞庭湖的名声,如今终于登上了岳阳楼。广袤的吴、楚两地被湖水一分为二,浩瀚的日月似乎都在水面上日夜交替,出没沉浮。亲朋好友音讯全无,如今我年老多病,只有孤舟相伴,漂泊路上。听说北方战事又起,我只能靠着窗户,涕泪横流。

> **赏析**

　　唐代宗大历三年(768)冬天,杜甫经夔州出三峡,到达了洞庭湖畔的岳阳楼。诗人登高临水,触景生情,写下了这首诗,抒发身世之慨和家国之思。

岳阳楼

岳阳楼，位于湖南省岳阳市西北的巴丘山下。它前瞰洞庭湖，远眺君山，自古有"洞庭天下水，岳阳天下楼"的美誉。岳阳楼是"江南三大名楼"之一，另外两座分别是湖北武汉的黄鹤楼和江西南昌的滕王阁。

岳阳楼记（节选）
[宋] 范仲淹

若夫淫雨霏（fēi）霏，连月不开，阴风怒号，浊浪排空，日星隐曜（yào），山岳潜形，商旅不行，樯（qiáng）倾楫（jí）摧，薄（bó）暮冥冥，虎啸猿啼。登斯楼也，则有去国怀乡，忧谗畏讥，满目萧然，感极而悲者矣。

至若春和景明，波澜不惊，上下天光，一碧万顷，沙鸥翔集，锦鳞游泳，岸芷（zhǐ）汀（tīng）兰，郁郁青青。而或长烟一空，皓月千里，浮光跃金，静影沉璧，渔歌互答，此乐何极！登斯楼也，则有心旷神怡，宠辱偕忘，把酒临风，其喜洋洋者矣。

岳阳楼的传说

相传,唐朝时有一个姓张的官员被贬到岳州做太守。上任之后,张太守心情抑郁,便和随从游山玩水,他们发现一处地方风景甚好,于是,张太守便决定在此建楼。

张太守招工匠建楼时,一位年轻木匠被选为工程主管。这个年轻人无论如何都无法构建出心中所想的高

楼,加之张太守的催促,让他越发焦虑。有一天,一位白发老人交给木匠一袋东西。木匠打开一看,发现里面都是一些形状各异的编上了号码的木块。年轻人拿到这些木块后并不知道能干什么。有人来围观,嘲笑说兴许那是一个疯老头,还随手弄丢了几个木块。后来,木匠冥思苦想,终于将木块拼合成了一座高楼模型,造型精美异常,却缺了几个斗拱,就是被弄丢的那几个木块。

于是,木匠和张太守一同去寻找那位白发老人,对方自称是鲁班的后世门人,还为来人补上缺失的那几块斗拱。高楼最终建好了,取名"岳阳楼"。

岳阳

岳阳,古时又称"巴陵""岳州",具有悠久的历史和深厚的文化底蕴,是一块人杰地灵的宝地。岳阳的洞庭湖闻名天下,君山更是风景秀丽,这里还有纪念屈原、杜甫等文豪的场所,而产自君山的银针茶更是清醇幽香。

君山岛

　　岳阳楼附近有一座君山岛。远远望去，小岛和名楼在薄雾中遥遥相对。君山岛属于洞庭湖若干小岛中的一个，小岛上峰峦盘结，青草茂盛，风景秀丽，还有摩崖石刻、湘妃祠等人文遗迹。

回眸乌江亭

美人迟暮，英雄末路，都是世上最无可奈何的悲哀，而乌江亭就见证了一位英雄的人生终局。

原文

题乌江亭①
［唐］杜牧

胜败兵家事不期②，包羞忍耻③是男儿。
江东④子弟多才俊，卷土重来未可知。

作者

杜牧，字牧之，号樊川居士，唐代著名诗人。杜牧人称"小杜"，以别于杜甫（老杜），与李商隐并称"小李杜"。因晚年居长安南樊川别墅，故后世称其为杜樊川。杜牧文学成就多样，其诗、赋、古文都十分出色。杜牧诗歌神韵疏朗又不失华美，气势浩荡又不时流露出婉约风致，别成一家。

注释

①乌江亭：传说是项羽自刎之地，在今安徽和县乌江浦。
②事不期：事情难以预料。
③包羞忍耻：忍受羞愧与耻辱。
④江东：项羽的故乡。

译文

胜败乃是兵家常事，难以预料，能够忍受羞愧和屈辱才是真男儿。江东子弟中多的是有才华的能人，如果项羽重整旗鼓再杀回来，最后楚汉之争谁输谁赢还是个未知数。

赏析

西楚霸王项羽在乌江亭兵败自尽，此诗当为诗人路过此地时想起历史上项羽兵败自刎之事而作。诗人强调兵家须有远见卓识和不屈不挠的意志，议论不落窠（kē）臼（jiù），有很强的启发性。

乌江亭

乌江亭,位于安徽省和县东北的乌江浦,自古就是一个渡口,秦汉时设亭长,是我国最早的驿站之一。因西楚霸王项羽在此兵败自尽,乌江亭闻名至今。

乌江镇

一条河流环绕着一座古镇,河面上有船只游过,镇子附近便是凤凰山和驷马山,山水相依,景色优美。这就是安徽和县的乌江镇。乌江镇是一座千年古镇,文化底蕴深厚,是唐代诗人张籍,南宋文学家、书法家张孝祥的故里。

项羽与乌江亭长

楚汉之争时,项羽和刘邦争夺天下。在垓下之战中,项羽战败,带着随从一路拼杀,躲避刘邦大军的追击,最终逃到了乌江边。

项羽看到一人在此等候。对方称自己是乌江亭长,在这里等候多时,就是为了送项羽渡江。

乌江亭长对项羽说:"您的老家江东,虽然地方不大,但是也有千里之广,您的父老乡亲也有几十万人,在这样一个地方,您称王称霸也是可以的了。来来来,大王您快点上船来,我马上送您渡江。现在这里只有我有船,即便汉军追过来了,他们也无船可渡。"

项羽听到这里,倍觉伤心,于是回答:"天要我亡,我还怎么有脸过江!当初我带着家乡子弟打天下,如今只有我一人回去,纵然家乡父老怜惜我,再次拥立我,我又有什么脸面去见他们呢!"

最后,项羽把自己的坐骑交给了乌江亭长,自刎于乌江边。

霸王祠

安徽和县乌江镇凤凰山上,有一座霸王祠,也称"项王亭""项羽庙"。霸王祠是用来纪念西楚霸王项羽的,其中有项羽的衣冠冢。

藤廊与相思树

 霸王祠里有一条藤廊,之所以叫这个名字,是因为整个长廊都长满了长藤,彼此缠绕。这里还有相思树,是两棵树相缠而生。这种植物缠绕相交的姿态,在人们的想象中,象征了项羽和虞姬缠绵悱恻的爱情。

折柳灞桥

古时候，交通不便，离别最是伤人心。那些年，总有一些人从灞桥上走过，从路旁折下一枝杨柳，交到离人的手中，眼含泪水，道一声"珍重"。

原文

八月六日过灞桥①口占
[清] 樊增祥

残柳②黄于陌上尘③，秋来长是翠眉颦④。
一弯月更黄于柳，愁煞桥南系马人。

作者

樊增祥，字嘉父，号云门、樊山、天琴，湖北恩施人。清代文学家。他的作品很多，古风叙事精致，近体风格清新。

注释

①灞桥：一座古桥，在今西安。
②残柳：凋残的柳树。
③陌上尘：路上的尘土。
④翠眉颦：女子蹙眉。

译文

秋日的柳叶渐黄，和尘土的颜色接近，枯萎的枝叶就像美人皱起的眉头。天上一弯新月比柳叶还要枯黄，真是愁煞了桥南系马的旅人啊。

赏析

诗人当时在陕西做官，长期郁郁不得志，经过灞桥时，信手在旅舍的墙壁上题了这首诗。这不是传统的灞桥伤别诗，而是怀人诗。全诗融情于景，"愁"字虽在末句出现，却贯穿全篇，景色全为愁人眼中所见，被涂上一层哀婉凄凉之色。

灞桥

灞桥，位于现在的西安市东，其历史据说可以追溯到春秋时期，灞桥得名于它所在的河流——灞水。古时候，灞桥设有驿站，人们一般在灞桥送别。

少年游
[宋] 柳永

参差烟树灞陵桥，风物尽前朝。衰杨古柳，几经攀折，憔悴楚宫腰。

夕阳闲淡秋光老，离思满蘅皋。一曲《阳关》，断肠声尽，独自凭兰桡。

岳家沟的传说

西安灞桥区有一个叫岳家沟的地方。相传，秦朝时，这里是一片茂密的森林。有一次，秦始皇带着一队人马到这里打猎，一不小心从马上跌落下来，摔伤了。随从一时半会儿找不到治伤的草药，只能用附近的河水来清洗伤口。谁知过了一会儿，伤口竟然不怎

么疼了。秦始皇以为随从给自己敷上了药物，不由得感叹道："药佳，药佳。"也就是夸赞药效很好。

后来，住到这里的人也发现河水有很好的治病功效，便将这里称为"药佳沟"。岁月变迁，"药佳沟"也逐渐带上了方言特色，变成了"岳家沟"。

灞河

灞河,也称灞水,是渭河的支流。灞河有很多支流,如流峪水、清峪水等。灞河附近草丰林茂,有很多银杏树。一到银杏叶泛黄的季节,蓝天、清水、黄叶,还有偶尔掠过的飞鸟,组成一幅十分美丽和谐的画卷。

骊山

　　骊山位于西安市临潼区城南,是秦岭山脉的一个支脉。骊是指纯黑色的马。古时候,这座山上松柏满坡,郁郁葱葱,从远处看去,就像一匹奔腾的黑色骏马立于渭河平原,因此得名骊山。每当夕阳西下,骊山在落日红霞中,尤显壮观,"骊山晚照"因而成为"关中八景"之一。

晚霞中的铜雀台

人都说时间最无情,当年一代枭雄曹操建铜雀台,台上楼宇连阙,飞阁重檐,雕梁画栋,气势恢宏,仿佛能屹立千年不倒。如今它早已湮没在历史中,我们只能从青史中去寻那些传奇故事了。

原文

过陈琳①墓
[唐] 温庭筠

曾于青史见遗文②,今日飘蓬过此坟。
词客有灵应识我,霸才无主始怜君。
石麟③埋没藏春草,铜雀④荒凉对暮云。
莫怪临风倍惆怅,欲将书剑学从军。

作者

温庭筠,本名岐,字飞卿。唐代诗人、词人,是花间词派的重要作家之一。据说他叉手一吟便成一韵,八叉八韵即告完稿,时人遂称其为"温八叉"。其诗与李商隐齐名,并称"温李"。

注释

①陈琳:汉末著名的"建安七子"之一,擅写文章,早年任汉朝大将军何进的主簿,后又至袁绍门下,曾代袁绍起草过讨伐曹操的檄文,袁绍被灭后归附曹操。曹操不计前嫌,委以撰写军事檄文的重任。陈琳墓位于今江苏邳州市。
②遗文:故去之人留下的诗文。
③石麟:墓前的石刻麒麟。
④铜雀:铜雀台。

译文

曾在史书上读过您的文章,今日漂泊至此路过您的墓冢。您要是泉下有灵应该认识我这个飘蓬之人吧,我空有一腔才华而不遇识才之君，所以更羡慕您被重用。石麟被埋没在萋萋春草之中，铜雀台独自对着暮云，更显荒凉寂寞。不要怪我临风惆怅万分，生不逢时的我怕是只能弃文从武，持剑从军了。

赏析

诗里的"词客"指的是陈琳，而"霸才"则是作者的自称。这首诗看似是凭吊陈琳，实则是诗人叹息自己生不逢时、无人赏识。

铜雀台

　　铜雀台,位于我国河北邯郸的临漳。铜雀台的历史可以追溯到汉末,据说当时曹操在邺城建立了三台,分别为金凤台(也称"金虎台")、冰井台、铜雀台。

铜雀台瓦砚

[金] 元好问

爱惜铅花洗又看,
画栏桂树雨声寒。
千年不做鸳鸯去,
唤得书生笑老瞒。

铜雀台的传说

杜牧的《赤壁》诗中后两句为"东风不与周郎便，铜雀春深锁二乔"，意思是要不是赤壁之战中，东风袭来，成就了周瑜火烧连环船之计，那么，这场战争可能就是另一个结果——大乔和小乔就要被曹操囚禁在铜雀台里了。

有人说，曹操修建铜雀台就是为了搜罗美女，而大乔和小乔是当

时的绝世美人，所以他为了掠得二人发动了一场战争。这只是谣传。

铜雀台的修建颇有传奇色彩。相传，曹操在大破敌军之后，进驻邺城。有一晚，他忽然看到邺城中的一个地方金光闪耀，曹操很好奇，便派人前去查探，结果在金光大现的地方，人们挖出了一尊铜雀。于是，有人就跟曹操说，这金光和铜雀是吉兆。曹操虽然没有称帝，但是当时也有了野心，于是心下大喜，就修了这座铜雀台。

邺城遗址

东汉末年,曹操击败袁绍后,占据邺城,营建王都。邺城遗址在现在看来,是一个颇有现代城市格局的地方。邺城分为邺北城和邺南城,邺北城先开始修建,邺南城则是在邺北城格局的基础上修筑而成。在这里,贵戚、官员、商贾、百姓等划区而居,也有手工作坊、商业市场等场所的遗迹。

邯郸

　　邯郸是一个历史悠久的地方。相传女娲就是在此处"炼石补天，抟（tuán）土造人"的。为了纪念女娲，涉县在古中皇山上建立了一座娲皇宫，周边地区的很多人都会来此祭奠女娲娘娘。邯郸也孕育了磁山文化，磁山文化是我国北方很有代表性的新石器时代文化。在磁山文化遗址中，考古学家发现了比较早的家鸡驯养活动，还发现了许多陶器、石器、骨器等。

夜半未央宫

宫殿里,月色下,皇帝和他的臣子秉烛夜谈,不知道皇帝到底在问询着什么,是老百姓的生活,还是鬼神的传说?

原文

贾生①

[唐] 李商隐

宣室②求贤访逐臣,贾生才调更无伦。
可怜③夜半虚前席,不问苍生④问鬼神。

作者

李商隐,字义山,号玉溪生。晚唐时期著名诗人,与杜牧合称"小李杜",与温庭筠合称"温李"。李商隐的诗风朦胧、讲究辞藻、构思奇特,富于幻想色彩和浪漫气息。

注释

①贾生:此处指贾谊。贾谊是西汉著名的政论家,有自己的政治主张,然而一生郁郁不得志,曾被贬长沙,因此诗人称其为"逐臣"。
②宣室:指汉代未央宫的正殿。
③可怜:可叹。
④苍生:指老百姓。

译文

皇帝在宣室中召见被贬谪的贤臣,贾谊的才华真是无与伦比。君臣谈至深夜,皇帝移膝靠近贾谊,可叹的是,他询问的并不是民生而是神鬼之事。

赏析

这首诗前三句着重表现皇帝求贤若渴,重点说了贾谊的才华无双。最后一句笔锋一转,皇帝原来只是关心鬼神之事,而贾谊的才华也只是被用来解决这些虚无缥缈的问题。整首诗非常具有讽刺意味。

未央宫

　　未央宫建于西汉时期,刘邦命令萧何主持修建,"未央"二字表示"不尽",有永寿连绵的吉祥之意。按照当时的规模,未央宫可算是我国规模较大的宫殿建筑群之一。当年的未央宫雕梁画栋、亭台楼阁、壮丽非凡。从现今的遗址中,我们还能想象出未央宫曾经的壮美。

长乐宫

　　提到未央宫,不得不提另一座汉朝的宫殿——长乐宫。长乐宫和未央宫合起来有"长乐未央"之意。当初,项羽杀进秦朝都城咸阳,一把火烧掉了用民脂民膏换来的宫殿,据说当时的刘邦还颇为叹惜。后来,刘邦就命令萧何在秦兴乐宫的基础上营建了长乐宫。长乐宫是汉高祖时期的主要政治活动中心,从汉惠帝开始,未央宫才成为皇帝的居所。

未央宫中斩杀韩信

韩信是西汉的开国功臣。他在发迹之前,命运多舛,最有名的就是他忍受胯下之辱的故事。后来,韩信受萧何的推荐,投到了刘邦麾下,并辅助刘邦夺取了天下,建立了西汉王朝,一个辉煌的帝国正在崛起。俗话说"狡兔死,走狗烹",韩信的功劳实在太大了,有了功高震主的嫌疑,他自己也知道,刘邦已经对他颇多忌惮了。

据说,刘邦不愿意自己动手除掉韩信,就默许皇后吕雉将韩信骗到未央宫的长乐钟室,并将其斩杀。而这一次阴谋,萧何也有参与。成就韩信的人是萧何,最终参与斩杀韩信的人也是萧何,所以才有"成也萧何,败也萧何"的说法。

昭君出塞

　　未央宫中发生过很多故事，昭君出塞就是其中一个。王昭君本来是汉元帝时的宫女，据说因为她不肯贿赂画师，画师便故意将其丑化后的画像给汉元帝看，导致皇帝并不中意她。后来，匈奴单于向汉朝求亲，不想老死宫中的王昭君自请嫁去匈奴，这才有机会露面，惊艳了众人。

椒房殿

　　未央宫中有一座椒房殿,用椒粉和泥涂抹在墙上,取温暖、芬芳、多子之义。在西汉,椒房主要是后宫之主皇后的居所。后来,"椒房"又泛指后宫嫔妃或者后宫嫔妃的居住之地。

跟着古诗词
看中华文明

清 宣——编著
豆豆鱼绘制——绘

藏在古诗词里的古代名物

石油工业出版社

图书在版编目（CIP）数据

跟着古诗词看中华文明 . 藏在古诗词里的古代名物 / 清宣编著；豆豆鱼绘制绘 . —北京：石油工业出版社，2023.1

ISBN 978-7-5183-5148-0

Ⅰ.①跟… Ⅱ.①清… ②豆… Ⅲ.①古典诗歌—诗歌欣赏—中国—少儿读物 Ⅳ.① I207.2

中国版本图书馆 CIP 数据核字（2022）第 018615 号

跟着古诗词看中华文明 . 藏在古诗词里的古代名物

选题策划：艾　嘉
责任编辑：曹秋梅
出版发行：石油工业出版社
　　　　　（北京市朝阳区安华里二区 1 号楼　100011）
网　　址：www.petropub.com
编 辑 部：（010）64523559
图书营销中心：（010）64523649
经　　销：全国新华书店
印　　刷：三河市嘉科万达彩色印刷有限公司

2023 年 1 月第 1 版　　2023 年 1 月第 1 次印刷
710 毫米 ×1000 毫米　　开本：1/16　　印张：37
字数：330 千字
定价：158.00 元（全四册）

（如发现印装质量问题，我社图书营销中心负责调换）
版权所有，翻印必究

目录

本书体例说明 / Ⅱ

衣：寻衣记

葛：织葛布 / 2
佩：环佩空灵 / 8
簪：发簪的风情 / 14
袜：袜划金钗溜 / 20
裙：开在时光里的花 / 26

食：饮食滋味

黍：彼黍离离 / 34
酒器：花间一壶酒 / 40
茶具：茶瓯香篆小帘栊 / 46
青杏：叶底杏子垂 / 52
鲈鱼：鲈鱼堪脍 / 58

住：宅事

卧具：身心休憩地 / 66
宝奁：匣内藏锦绣 / 72
红烛：喜庆的象征 / 78
熏笼：香之道 / 84
冰簟：寻一场清凉 / 90

行：出行考

车：大车之声 / 98
马具：快走踏清秋 / 104
道路：绵绵思远道 / 110
兰舟：江上舟 / 116
酒肆：笑入胡姬酒肆中 / 122

◎ 本书体例说明 ◎

德国诗人荷尔德林说:"人充满劳绩,但还诗意地安居于大地之上。"

中国文学家林语堂也说:"在中国,生活的艺术,与绘画、诗,合而为一。"

人活着,除了生存,还需要美。而诗歌之美具有别样芬芳。

古老的中国,是诗词的国度。

翻开中国的古诗词,我们可以窥见隐藏在文字背后的历史和文化,例如二十四节气的故事、不同时代的民俗风情、山川楼宇的历史与文化内涵、旧时名物的故事……

诗

词:

中

国

文

化
之
花

佩:环佩空灵

古人形容君子,称其"温润如玉"。玉饰在我国古代不仅是装饰品,还有着非常丰富的文化内涵。

这是一套什么样的书

※**开头引言**

本书中,每一个小节都有引言。

引言如预告,将这一小节的内容提前播报。

原文

咏怀古迹五首·其三
[唐]杜甫
群山万壑①赴荆门②,生长明妃③尚有村。
一去紫台④连朔漠⑤,独留青冢⑥向黄昏。
画图省识⑦春风面,环珮⑧空归夜月魂。
千载琵琶作胡语,分明怨恨曲中论。

※**原文内容解读**

原文内容解读部分包括原文、作者、注释、译文、赏析五个部分。

原文:原汁原味展示古诗词。

作者

杜甫,字子美,自号少陵野老,唐朝伟大的现实主义诗人,有"诗圣"之称。其祖父是初唐诗人杜审言。杜甫曾担任过左拾遗、检校工部员外郎等官职,因此又被称为杜拾遗、杜工部。其诗以古体、律诗见长,风格沉郁顿挫。杜甫的叙事诗,饱含对国运、民生疾苦的关怀,被称为"诗史"。

作者:作者简介,了解创作者的思想、创作风格、人们对他的评价等。

注释

①群山万壑:连绵不断的山峰。
②荆门:在今湖北境内。
③明妃:指王昭君。王昭君,汉元帝时被选入宫,后来匈奴呼韩邪单于求和亲,她以公主身份远嫁匈奴。
④紫台:指汉朝宫廷。
⑤朔漠:北边荒芜的沙漠。

注释:为生僻字注音,并对部分字、词、句进行注释,为读者扫除阅读障碍。

译文

千峰万壑连绵不断,奔向荆门的方向,王昭君出生的村庄依旧存在。这一去便是从大汉宫廷直向北方大漠,最终的结局不过是留下一座孤坟独向黄昏。汉朝皇帝只凭借画像大致看到了王昭君的容颜,月夜中环佩叮当,或许是这位美人魂魄归来。她弹奏的那首琵琶曲,带着胡音流传千年。这曲子里饱含的分明是一个女子的悲愤怨恨。

译文:白话译文,帮助读者清晰理解原文内容。

赏析

本诗通过写王昭君出塞客死异乡的悲剧,寄寓自己的不遇之感和故国之思。诗人从一个远嫁异乡的女子的角度来认识她,充满了人文关怀。

赏析:深入解读作者的创作思想,以及原文的内涵,强化读者对原文的理解。

※一套四册，各有不同的知识板块设计。

《藏在古诗词里的二十四节气》中有"××读诗/词""物候记""农时农话""闲话风俗""食物恋""互动拓展"；

《藏在古诗词里的中华民俗》中有"风物记""闲话民俗""生活志"；

《藏在古诗词里的名胜古迹》中有"在路上""历史与传说""璀璨风情"；

《藏在古诗词里的古代名物》中有"考工记""名物拾零""名物故事"。

这些板块中有历史文化常识，还有生动的故事，寓教于乐，让知识更有趣。

玉佩

古人说"君子无故，玉不去身"，意思是君子没有特殊原因，玉是不离身的。玉佩，是古人常常佩戴的一种饰品，它被雕刻成各种造型，也被赋予了若干含义。古人认为玉有君子的品德，如仁义、智慧、守礼等。人们也常用玉来形容人的德行，如"温其如玉"。

玉佩的种类

玉佩有各种不同的造型，比如，中心镂空的玉环、半圆造型的玉璜，它们有的被雕刻出丰富的图案，比如花鸟虫鱼、龙凤云纹等。在更远古的时候，人们佩戴的玉饰，相对于装饰性作用，政治含义和宗教含义更明显。佩戴者多为巫师、贵族阶层。

和氏璧

春秋时期，楚国人和氏在山中得到了一块玉璞，先后献给了楚厉王和楚武王，相玉的人断定这块玉璞是石头，于是和氏以欺君之罪被惩罚。

后来楚文王即位，他知道和氏因玉璞被诬为石头，而在山中痛哭了三天三夜，就命人把这块玉剖开查看，结果得到了一块举世无双的美玉。楚文王把这块美玉琢成玉璧，命名为"和氏璧"。

时光匆匆而过，到了战国后期，赵惠文王得到了这块和氏璧。秦昭王听到了这件事儿，于是派使者到赵国，提出愿意以十五座城池交换和氏璧。赵王明白秦王其实是想骗取和氏璧，根本不会拿十五座城池来交换。但他惧怕秦国，不敢明确拒绝，就派机智勇敢、足智多谋的蔺相如护送和氏璧去秦国，执行交换城池的任务。

蔺相如在谈判过程中，识破了秦王的阴谋，通过计谋从秦王的手中夺回了和氏璧，并顺利地返回赵国。这就是"完璧归赵"的故事。

相传，秦王嬴政统一天下后，命人将这块和氏璧琢成传国玉玺，成为皇权的象征。

※精美插图

经典文字搭配精美插图，图文共赏。

图文搭配，强化视觉审美，同时，通过图片可以强化读者对知识点的记忆。

玉组佩

在春秋战国时期，上层阶级中有人会佩戴玉组佩。玉组佩就是由玉环、玉璜、玉珠等各种造型的玉饰串联组合而成的大型玉佩，造型豪华精致，各个玉饰分别有精细的花纹，由丝带串联。佩戴的人在行路之时，玉饰碰撞会发出优美的声响。

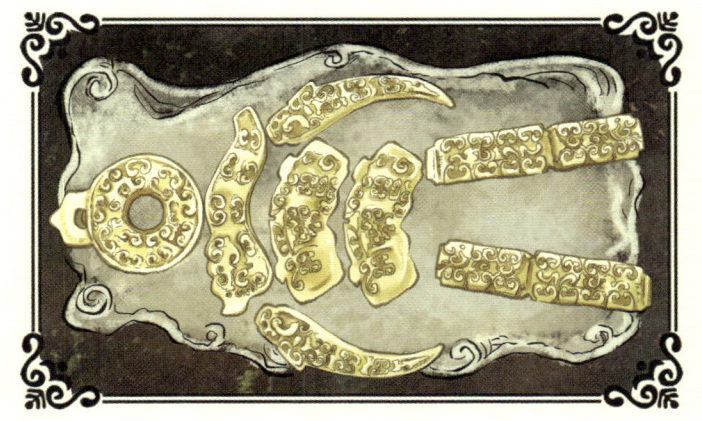

为何要阅读本书

读诗词，品流彩华章；
读诗词，享文化精粹；
读诗词，养性灵气质；
读诗词，悟天人之理。
小朋友们，让我们一起品味诗词之美吧。

衣：寻衣记

葛：织葛布

棉麻丝毛，我们的衣服不仅有丰富的样式，也有不同的材质。在古代，人们身份地位不同，衣着也有着严格的区别。

原文

葛覃①

[先秦] 佚名

葛②之覃③兮，施④于中谷，维叶萋萋。
黄鸟于飞，集于灌木，其鸣喈喈。
葛之覃兮，施于中谷，维叶莫莫。
是刈⑤是濩⑥，为绤⑦为绤⑧，服之无斁⑨。
言告师氏⑩，言告言归⑪。
薄污我私，薄浣我衣。
害⑫浣害否，归宁父母。

注释

①出自《诗经·周南》。
②葛：一种蔓草，可以抽取它的纤维来织布，俗称夏布，这种草的藤蔓还可以用来做鞋，供夏天穿用。
③覃（tán）：本意是延长，此处指蔓生之藤。
④施（yì）：蔓延。
⑤刈（yì）：割取。
⑥濩（huò）：用热水煮东西，这里是将葛放在水里煮。
⑦绤（chī）：细葛布。
⑧绤（xì）：粗葛布。
⑨斁（yì）：厌倦。
⑩师氏：保姆，管家。
⑪归：原意指出嫁，也可指回娘家。
⑫害：通"曷"，即何。

译文

蔓草生长茂盛,蔓延到山谷中央,叶儿密密实实。黄雀飞舞,栖息于灌木之上,声音婉转动听。蔓草生长茂盛,蔓延到山谷中央,叶儿密密实实。割下蔓藤,煮出麻丝,做成细布,做成粗布,穿上美衣不厌倦。告诉管事者,我想回娘家。清洗我的内衣,清洗我的外衣,要洗的和不洗的分清楚,好回家乡看父母。

赏析

这首诗从细微的生活中,全面展示了一位女子的美好:既心灵手巧,又吃苦耐劳;既殷勤细腻,又有担当。

葛布

葛布，又称"夏布"，因其清凉透气、适合夏季穿着而得名。织成葛布的原材料是一种名为"苎（zhù）麻"的植物，苎麻经过特殊处理后，能够形成一种适合纺织的植物纤维，然后经过漂白、刷胶等流程后就可以织成布匹，制成衣服。

苎麻

　　苎麻,又称"中国草",因为中国苎麻的产量占世界总产量的很大一部分。苎麻主要分布在我国南方地区,它对日照有独特的要求,如果日照时间太长、阳光太强烈,那么木质化倾向就会比较明显;日照时间太短、阳光不足,又会影响苎麻的长势。这两种情况都不利于苎麻的产量和质量。

天然织物

天然织物包括棉、麻、丝、羊毛等,这类材料做的衣服比较透气亲肤。在我国古代,丝绸与茶叶、瓷器共同组成三大出口商品,深受中外贵族阶层的喜爱。

绫罗绸缎

绫罗绸缎是丝织物的统称。丝织物会有不同的柔软度、光泽度、透明度和密度等。绫,十分光亮且轻薄;罗,有纱空眼,非常轻薄透气;绸和缎则柔软而有光亮,成品有各种艳丽的色泽。

古代穿衣的规矩

在我国古代,不同的阶级和身份有不同的穿戴规定。《诗经·郑风·子衿》中就有一句"青青子衿",翻译过来就是"你的青色的衣襟"。在周朝,这种穿着表示对方的身份是个读书人。达官显贵的服饰则有更多规矩,不同朝代、不同品级会有不同的服制。在唐朝,紫色和红色的级

别较高,蓝色和青色的次之。明清的时候,以黄色为尊。

普通百姓穿的衣服多是原色,就是织物未经过染色工序的颜色。普通百姓常穿的衣服用料是麻布,所以,他们也被称为"白衣"或者"布衣"。南朝齐武帝萧赜未称帝时,与大臣刘俊交情很深,经常在刘俊家与其谈至深夜。萧赜当了皇帝后,还经常到刘俊家里去,和从前一样宴饮谈笑。有一次,刘俊陪萧赜登蒋山,萧赜感叹说:"贫贱之交不可忘,糟糠之妻不下堂。"又对刘俊说:"这说的就是你啊。人们都说富贵之后,昔日的交情就会被遗忘,可你我始终保持着布衣时的交情。"

佩：环佩空灵

古人形容君子，称其"温润如玉"。玉饰在我国古代不仅是装饰品，还有着非常丰富的文化内涵。

原文

咏怀古迹五首·其三
[唐] 杜甫

群山万壑①赴荆门②，生长明妃③尚有村。
一去紫台④连朔漠⑤，独留青冢⑥向黄昏。
画图省识⑦春风面，环珮⑧空归夜月魂。
千载琵琶作胡语，分明怨恨曲中论。

作者

杜甫，字子美，自号少陵野老，唐朝伟大的现实主义诗人，有"诗圣"之称。其祖父是初唐诗人杜审言。杜甫曾担任过左拾遗、检校工部员外郎等官职，因此又被称为杜拾遗、杜工部。其诗以古体、律诗见长，风格沉郁顿挫。杜甫的叙事诗，饱含对国运、民生疾苦的关怀，被称为"诗史"。

注释

①群山万壑：连绵不断的山峰。
②荆门：在今湖北境内。
③明妃：指王昭君。王昭君，汉元帝时被选入宫，后来匈奴呼韩邪单于求和亲，她以公主身份远嫁匈奴。
④紫台：指汉朝宫廷。
⑤朔漠：北边荒芜的沙漠。
⑥青冢：指王昭君的坟墓。
⑦省识：大概认识，模糊识得。
⑧环珮：古人佩戴的玉饰，后来多指女子佩戴的玉饰。

译文

千峰万壑连绵不断,奔向荆门的方向,王昭君出生的村庄依旧存在。这一去便是从大汉宫廷直向北方大漠,最终的结局不过是留下一座孤坟独向黄昏。汉朝皇帝只凭借画像大致看到了王昭君的容颜,月夜中环佩叮当,或许是这位美人魂魄归来。她弹奏的那首琵琶曲,带着胡音流传千年。这曲子里饱含的分明是一个女子的悲愤怨恨。

赏析

本诗通过写王昭君出塞客死异乡的悲剧,寄寓自己的不遇之感和故国之思。诗人从一个远嫁异乡的女子的角度来认识她,充满了人文关怀。

玉佩

　　古人说"君子无故,玉不去身",意思是君子没有特殊原因,玉是不离身的。玉佩,是古人常常佩戴的一种饰品,它被雕刻成各种造型,也被赋予了若干含义。古人认为玉有君子的品德,如仁义、智慧、守礼等。人们也常用玉来形容人的德行,如"温其如玉"。

四大名玉

关于我国的"四大名玉"有不同说法,比较普遍的一种是新疆和田玉、辽宁岫岩玉、陕西蓝田玉、河南独山玉。其中新疆和田玉因为其温润的光泽和质感,备受推崇。和田玉有很多种类,如羊脂白玉、青玉、青白玉、糖玉、墨玉,等等。

玉佩的种类

玉佩有各种不同的造型,比如,中心镂空的玉环、半圆造型的玉璜,它们有的被雕刻出丰富的图案,比如花鸟虫鱼、龙凤云纹等。在更远古的时候,人们佩戴的玉饰,相对于装饰性作用,政治含义和宗教含义更明显,佩戴者多为巫师、贵族阶层。

玉组佩

在春秋战国时期,上层阶级中有人会佩戴玉组佩。玉组佩就是由玉环、玉璜、玉珠等各种造型的玉饰串联组合而成的大型玉佩,造型豪华精致,各个玉饰分别有精细的花纹,由丝带串联。佩戴的人在行路之时,玉饰碰撞会发出优美的声响。

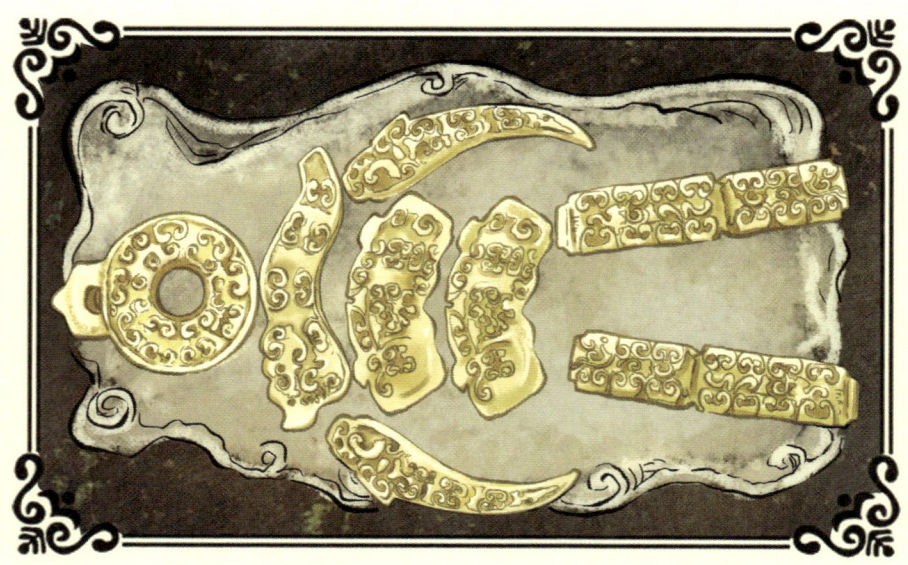

和氏璧

春秋时期，楚国人和氏在山中得到了一块玉璞，先后献给了楚厉王和楚武王，相玉的人断定这块玉璞是石头，于是和氏以欺君之罪被惩罚。

后来楚文王即位，他知道和氏因玉璞被诬为石头，而在山中痛哭了三天三夜，就命人把这块玉剖开查看，结果得到了一块举世无双的美玉。楚文王把这块美玉雕琢成玉璧，命名为"和氏璧"。

时光匆匆而过，到了战国后期，赵惠文王得到了这块和氏璧。秦昭王听到了这件事儿，于是派使者到赵国，提出愿意以十五座城池交换和氏璧。赵王明白秦王其实是想骗取和氏璧，根本不会拿十五座城池来交换。但他惧怕秦国，不敢明确拒绝，就派机智勇敢、足智多谋的蔺相如护送和氏璧去秦国，执行交换城池的任务。

蔺相如在谈判过程中，识破了秦王的阴谋，通过计谋从秦王的手中夺回了和氏璧，并顺利地返回赵国。这就是"完璧归赵"的故事。

相传，秦王嬴政统一天下后，命人将这块和氏璧琢成传国玉玺，成为皇权的象征。

簪：发簪的风情

发簪是古代男女通用的发饰。簪在女子的云鬓上、男人的发髻中，各有独特的风情与气质。

原文

溪居①

[唐] 柳宗元

久为簪组②累，幸此南夷③谪。
闲依农圃邻，偶似山林客。
晓耕翻露草，夜榜④响溪石。
来往不逢人，长歌楚天碧。

作者

柳宗元，字子厚，"唐宋八大家"之一。唐代著名的文学家，世称柳河东。后迁柳州刺史，又称柳柳州。柳宗元与韩愈并称"韩柳"，与刘禹锡并称"刘柳"，与王维、孟浩然、韦应物并称"王孟韦柳"。其著作有《河东先生集》。

注释

①溪居：指在冉溪居住的生活。诗人贬谪永州司马后，曾于此筑室而居，后改冉溪为"愚溪"，在今湖南省永州市东南。
②簪组：古代官员插冠的簪和系冠的带子，此指官职禄位。
③南夷：古代对南方少数民族的称呼。
④夜榜（péng）：指夜里行船。榜，进船之意。

译义

官场沉浮多年,我早就身心俱疲,被贬到这南方蛮夷之地或许也算是一种幸运了。闲来无事,和邻居的农人聊上几句。有时候进入山中,恍然间觉得自己是个山居之人。早上起来耕种,草上还带着露水。晚上划船归来,流水击打着溪中的石头。来来往往都不会再遇见俗世之人,唯有独自高歌之声飘荡在蔚蓝的楚天之际。

赏析

这首诗是柳宗元在游零陵西南的时候所作的,表面上写溪居生活的悠闲,字里行间却隐藏着被贬谪的忧愤与孤独。

簪子

  古人使用簪子,一般用来固定头发或者冠帽,男女都用。簪子根据材质可分为金簪、玉簪、银簪、木簪、骨簪等。高级的材质一般都为上层阶级的人所用。簪子的造型既有简洁古朴的,也有精致华丽的,一般都装饰有花鸟虫鱼、龙凤云雷等纹样。

钗

  钗和簪子一样,都是固定或者装饰发型的发饰,但两者又有不同。簪子一般为一股,也就是只有一根固定用的发杆;而钗则有两股,也就是有两根固定用的发杆,所以古时候钗也被用作定情信物,一根钗一分为二,两人各执一股。

扁方

扁方是簪子的一种，呈扁长条形。扁方的材质也有很多种，金属类的包括金、银、铜等，也有玉石类的。有些扁方上面还会镶嵌珠宝，如珊瑚、翡翠等。清朝的时候，满族妇女使用扁方较多。现在，在南方一些少数民族地区，还可以看到妇女使用扁方来盘发。

楼阁簪

簪子的造型有很多种，有的华丽而夸张，其中一种就是楼阁簪，即在一根簪子上面打造亭台楼阁甚至花园、人物等各种造型，一根发簪便是一个完整的场景，细节上十分精致，所耗人力和物力都不少。有些楼阁簪的门窗甚至还可以被打开，屋子里还有更加细致的微小摆设。

弱冠与及笄

古时候,小孩子的头发会披下来,成年时会有束发戴簪的仪式,这个仪式就象征着他们已经是成年人了。

古时的贵族男子长到二十岁,就要举行成人式。这个仪式非常隆重正式,一般由父亲、兄长等长辈来完成,即把男子披散的头发束起来,戴上发冠,插上簪子,表示已经成人,因为还没达到壮年,所以称为"弱冠"。做完之后,还要告知天地这个男子已经成年。

古时的女孩子十五岁被称为"及笄之年"。"笄"就是一种簪子,女孩子这个时候要把头发盘起来,绾成一个发髻,再用簪子固定住。这个仪式就是女孩子成年的象征,说明可以婚配了。

袜：袜刬金钗溜

《洛神赋》中形容洛神的舞姿是"凌波微步，罗袜生尘"，那么，古人穿的袜子有什么讲究呢？

原文

点绛唇
[宋] 李清照

蹴①罢秋千，起来慵整纤纤手。露浓花瘦，薄汗轻衣透。
见客入来，袜刬②金钗溜③。和羞④走，倚门回首，却把青梅嗅。

作者

李清照，号易安居士，是婉约派的代表人物。其父为苏门"后四学士"之一李格非，其夫为金石家赵明诚。李清照生活在两宋之交，词风受时局影响深远：早期词清新婉丽，写少女的明快生活与婚后的相思情意；南渡之后词风大变，多悲叹身世、感怀国事，格调深沉而感伤。

注释

①蹴（cù）：踩踏。这里指荡秋千时的玩法。
②袜刬（chǎn）：刬袜，指不穿鞋，只穿着袜子往来行走。
③溜：滑落，脱落。
④和羞：含羞带怯地跑开。

译文

荡完了秋千，懒得活动一下自己的纤纤素手。花朵纤细，繁多露珠聚拢，身上出了一层薄薄的汗，纱衣有些湿透了。

见到有客人来了，连鞋子都顾不上穿，只穿着袜子跑开，头上的金钗都松开滑落了。羞怯地跑开，却倚着门回望来人，捻住一枝青梅嗅它的香味。

> **赏析**
>
> 　　这首词最巧妙之处便是把女子初见心上人的那种惊慌和羞怯表现得惟妙惟肖。女子一开始欢乐地荡秋千，玩耍之后慵懒、疲劳，之后听到心上人来时惊慌失措，最后假意嗅青梅实则羞怯地偷看来客。整首词的情致十分婉转，尤其是最后一句"倚门回首，却把青梅嗅"流传甚广。

足衣

　　足衣，是穿着在足部的服饰品，在古代称为履，具有护足的实用功能和"礼教"的文化标志。在清代，男子的足衣有靴、鞋、袜，妇女的足衣还包括各种拖鞋、睡鞋、木屐。

《洛神赋》

三国时期，曹植的《洛神赋》中有一段描写洛神穿着罗袜行走的仪态："体迅飞凫，飘忽若神。凌波微步，罗袜生尘。动无常则，若危若安；进止难期，若往若还。"洛神体态轻盈，犹如飞鸟一样飘忽不定。她在水上行走，罗袜溅起的水珠犹如飞尘。行动之时没有规律，似乎很急促又似乎很悠闲；行停也难以预料，好像要过来又好像要离开。

袜子的种类

按照材质来分的话,古人的袜子可以分为罗袜、棉袜、锦袜等。相传,杨贵妃在马嵬坡被赐死的时候,就掉落了一只锦袜。附近有人捡到了,便用这只锦袜招徕客人观赏,一时之间财源滚滚。

古代袜子的穿法

现代人所穿的袜子有各种材料,大多是有弹性的,能够直接贴合脚部曲线穿起来。古时候的袜子则不同,袜子要按照脚部的形状来制作,贴合但是留有空间,有些袜子顶端还有系带,用来将其固定在腿上。

脱履袜

　　古时候，人们有一个生活习惯，叫作脱履袜，就是为了表示敬意，进屋见人的时候，要脱去鞋袜。后来，这个习惯慢慢地变成了可以穿着袜子但必须脱鞋，此后又变成了可以穿着鞋子。

　　据说，古代有一个贵族请自己的同僚去吃饭，大家都聚在一起了，唯有一个人还没来。当这个人姗姗来迟时，贵族看到他的装扮，竟然勃然大怒，喊着要将这个人赶出去。原来，这个人脚上生了疮，为了不妨碍观瞻，就穿着袜子，只脱了鞋进屋。即便这个人将自己"失礼"的原因告知了贵族，贵族依旧不依不饶，甚至想要砍掉对方的双腿。这个没有光脚进屋的人只得逃走了。

　　从这个故事可知，古时候的服制有着十分严格的规定，有些礼仪在现在的人看来，甚至有些不可思议。

裙：开在时光里的花

女孩子的裙装，就像是一朵开在时光里的花。它们有自己的色彩和芬芳，也有自己的传奇故事。

原文

陌上桑[①]（节选）
[汉] 佚名

日出东南隅[②]，照我秦氏楼。秦氏有好女，自名为罗敷。罗敷喜蚕桑，采桑城南隅。青丝为笼系，桂枝为笼钩。头上倭堕髻[③]，耳中明月珠。缃绮为下裙[④]，紫绮为上襦[⑤]。

注释

① 陌上桑：陌上，田间小路；桑，桑树。
② 隅：角落，方位。
③ 倭堕髻：发髻垂落的一种发型。
④ 裙：穿在下身的一种服饰。
⑤ 襦：穿在上身的一种短衣。

译文

太阳从东南方升起，照在我秦家的楼上。秦家养了一个好女儿，名字叫作罗敷。罗敷喜欢养蚕种桑，她去城南采桑了。篮子上的绳子是青丝做的，笼钩则是桂枝做的。她头上挽着倭堕髻，耳朵上戴着明珠耳环。下裙由黄色丝绸所制，上身短衣由紫色丝绸所制。

赏析

这是《陌上桑》中非常有感染力的一段文字,描述了罗敷的美貌,包括她手上的工具、头上的发型、装饰的耳环、身上的服饰等。通过这几句描写,罗敷的样子逐渐在读者的心中清晰起来。

裙

古人有一种服制为上衣下裳（cháng），"裳"就是裙子。女性服饰中，下身多是裙装。不同朝代，裙装样式也有所不同，如唐朝的石榴裙、明清时期的马面裙等。

原始人的裙

　　最初的裙装是不分性别的,在原始社会,人们穿的多是草裙或者兽皮裙。比起后来在绫罗绸缎上刺绣精美图案的裙装,这时所谓的裙装更多的是起到保暖、防护等作用。

深衣

深衣，就是上衣下裳连在一起。深衣根据衣襟的不同款式，又分为曲裾和直裾。曲裾是衣襟加长，成为一个三角形，从前身绕到后背再绕回前身的款式；直裾是衣襟在身前或身侧，不需要环绕，直接垂直的款式。

襦裙

襦裙，即上身短衣和下身长裙。襦裙也有不同的款式，系带在腰上的被称为"齐腰襦裙"，系带在胸前的被称为"齐胸襦裙"。

白练裙

　　魏晋时期,有一个名叫羊欣的书法家,他的舅舅是王献之(大书法家王羲之的儿子)。羊欣少年时就擅长书法,王献之也非常喜爱这个外甥。

　　据说有一次,王献之白天去羊欣家,正巧羊欣穿着白绢所制的白练裙在睡觉。王献之看羊欣的白练裙非常洁净,就拿笔在上面写了数幅字,然后满意离开。

　　羊欣醒后发现了裙上的字,开始临摹学习。此后,他的书法更加精进了。

食：饮食滋味

黍：彼黍离离

俗话说，民以食为天。在阡陌交通、鸡犬相闻的古代，农人们最盼望的就是五谷丰登、六畜兴旺了。

原文

黍离①

[先秦] 佚名

彼黍离离，彼稷②之苗。行迈靡靡③，中心摇摇④。知我者，谓我心忧；不知我者，谓我何求。悠悠苍天，此何人哉？

彼黍离离，彼稷之穗。行迈靡靡，中心如醉。知我者，谓我心忧；不知我者，谓我何求。悠悠苍天，此何人哉？

彼黍离离，彼稷之实。行迈靡靡，中心如噎⑤。知我者，谓我心忧；不知我者，谓我何求。悠悠苍天，此何人哉？

注释

①出自《诗经·王风》。
②稷（jì）：高粱。
③行迈：行走。靡靡：行步迟缓貌。
④摇摇：形容心神不安。
⑤噎（yē）：气逆不能呼吸。

译文

黍子长得茂盛，高粱幼苗一同成长。慢慢地走着，我的心里却充满忧伤。了解我的，说我是忧伤。不了解我的，说我到底求的是什么。苍天啊！这一切都是谁造成的啊？

黍子长得茂盛，高粱结了穗子。慢慢地走着，我如醉酒般恍惚。了解我的，说我是忧伤。不了解我的，说我到底求的是什么。苍天啊！这一切都是谁造成的啊？

黍子长得茂盛，高粱已经成熟。慢慢地走着，我如鲠在喉。了解我的，说我是忧伤。不了解我的，说我到底求的是什么。苍天啊！这一切都是谁造成的啊？

赏析

这是一首有感于家国兴亡的诗。诗人看到昔日辉煌的城阙（què）宫殿都已消失不见，如今满眼皆是茂盛的禾黍。眼前的景物无声地勾起了千愁万绪：对故国的追思、对兴废的惋惜、对时代的感慨。

黍子

　　黍子，去皮后就是黄米，是小小的黄色颗粒，比小米稍大，煮熟之后会发黏。现在很多地方拿黍子来做年糕、炸糕等。

推糜黍

　　"二十三,糖瓜粘;二十四,扫房子;二十五,推糜黍。"其中的"推糜黍"就是将黍子等碾成粉末。现在,我们可以用机器将小米、高粱之类的粮食打磨成粉。但在过去,人们要将这些谷物磨成粉,只能手推石磨。碾磨成粉的粮食可以用来制作各种美食。

五谷

成语"五谷丰登",意思是年景好,粮食丰收。关于"五谷"是哪五种粮食有不同的说法,常见的一种说法是稻、黍、稷、麦、菽。黍是黄米,稻是稻米,稷是高粱一类,麦是麦子,菽是豆类。

六畜

提到"五谷丰登",后面就会接"六畜兴旺"。"六畜"的说法也有几种,其中一种说法是马、牛、羊、鸡、狗和猪。古人驯养这些家畜各有所用。马用来运输东西,牛用来耕田,羊用来做祭品,鸡用来报晓,狗用来看家,猪用来吃肉。这些用途几乎囊括了过去人们的生活所需。

五谷的传说

相传,炎帝之所以被称为神农氏,是因为他种下了五谷。在炎帝之前,人们只有用野兽的肉来充饥。炎帝发现肉可能会因为打猎落空而吃不到,植物却能够常年生长。于是,他找来了很多植物的种子,种在了地里。他有几个大臣,名字分别是稻、黍、稷、麦、菽。他们日复一日地劳作,希望地里能够长出可以食用的粮食。

天神被炎帝的真诚感动,派下一只神鸟,衔着神禾,将种子撒在地里。此后,地里分别长出了五种粮食,就以五个大臣的名字来命名。后来,这只神鸟时常在人间提醒大家按时播谷种地,被人们称为"布谷鸟"。

酒器：花间一壶酒

中国人历来讲究美食美器，文人雅士持杯把盏，草莽英雄瓢舀碗盛。一壶酒，也能喝出风雅，喝出豪情。

原文

月下独酌[①]·其一
[唐] 李白

花间一壶酒，独酌无相亲。
举杯邀明月，对影成三人。
月既不解饮，影徒[②]随我身。
暂伴月将影，行乐须及春[③]。
我歌月徘徊，我舞影零乱[④]。
醒时同交欢，醉后各分散。
永结[⑤]无情游，相期[⑥]邈云汉[⑦]。

作者

李白，字太白，号青莲居士，又号谪仙人。他是唐代伟大的浪漫主义诗人，有"诗仙"之称。其代表作有《望庐山瀑布》《行路难》《蜀道难》等。

注释

①酌：喝酒。
②徒：徒然。
③及春：趁着春天的大好时光。
④零乱：纷乱。
⑤永结：永远结下情谊。
⑥相期：相互约定。
⑦邈云汉：遥远的银河，此处指天上仙境。

译文

百花丛中我摆上一壶酒，一个人喝酒没有相伴的朋友。举杯邀请天上的明月，月亮、我、影子可以算得上三个人了。月亮也不喝酒，影子只徒然地跟着我。暂且以月亮和影子为酒伴，在这春天的大好时光及时行乐吧。我唱歌的时候，月亮徘徊往来。我跳舞的时候，影子纷乱动摇。醒着的时候我们相交甚欢，醉了之后也就各自分散。它们虽然没有人类的情感，但是我仍然愿意与它们结交相游，就约定在那天上的仙宫里吧。

赏析

这首诗中只有李白一人，却描绘出了一幅热闹却落寞的矛盾场景。无论是人、月亮，还是影子，都有了情感。

酒器

　　酒器，就是喝酒时使用的器具。从商朝到清朝，历史上的酒器丰富多样：青铜的羊尊，红黑色的漆制酒器，便于随身携带的酒囊，还有物美价廉的酒葫芦，等等。

酒壶

　　酒壶，顾名思义，就是一种装酒的壶具。从材质上看，有金壶、银壶、陶瓷壶、玉壶、木壶、皮壶等。常见的酒壶造型是圆柄、长嘴、圆肚，这样的造型适合倾倒酒水，让酒液从细口中稳稳地流出来。有一种酒壶叫作"倒流壶"，就是从壶底灌酒进壶，十分有趣。

高粱酒

高粱酒,味道醇香,口感绵密,是一种烈性酒。高粱酒在我国有悠久的历史和成熟的工艺,是将高粱发酵、蒸馏后制成的,因此,它又被称为烧酒。

葡萄美酒夜光杯

"葡萄美酒夜光杯",葡萄酒自古以来就深受人们喜爱。古时候,人们也将葡萄写作"蒲陶""蒲萄""蒲桃""葡桃"等。那时,人们喝葡萄酒还会搭配不同的酒杯,比如夜光杯,据说这是一种打磨得十分剔透的玉杯,对着月光倒酒,酒色和杯色相呼应,氛围独特。

杯弓蛇影

晋朝有个叫乐广的人,他有一个要好的朋友,闲来无事时,他们会聚在一起喝酒。不过,在不久前的一次酒宴上对方喝过酒后,就再也不来他家了。乐广十分好奇,就直接找到朋友家去问他缘由。

朋友说,上次去他家喝酒,酒杯是顶好的,酒壶是顶好的,酒也是顶好的。但是,他喝了一口酒之后,发现酒杯里面竟然有一条蛇,弯弯曲曲地盘绕在酒杯底。他非常害怕,却碍于情面没有说出来,自己默默地回家了。后来,不知道是否是喝了泡了蛇的酒的缘故,他回去之后,越想越害怕,就这样大病了一场。

乐广听后,觉得十分奇怪,哪里来的蛇呢?回家以后,他才发现,原来是朋友喝酒的地方悬挂了一张弓,弓上雕刻了一条蛇。当时,朋友喝下的那杯酒里出现的是这条蛇的倒影。

后来,乐广把真相告诉了朋友,朋友才恍然大悟,心里的石头落了地。

茶具：茶瓯香篆小帘栊

爱茶之人喝茶不只是为了解渴，还在修养一种心境，品味一种文化。茶具，是饮茶文化不可分割的一部分。

原文

定风波·暮春漫兴
[宋] 辛弃疾

少日①春怀②似酒浓，插花走马醉千钟③。老去逢春如病酒，唯有，茶瓯④香篆⑤小帘栊。

卷尽残花风未定，休恨，花开元自要春风。试问春归谁得见？飞燕，来时相遇夕阳中。

作者

辛弃疾，原字坦夫，后改字幼安，号稼轩，南宋著名的豪放派词人，后世称其为"词中之龙"。辛弃疾与苏轼合称"苏辛"，与李清照并称"济南二安"。有词集《稼轩长短句》等。

注释

①少日：少时。
②春怀：春日游兴。
③醉千钟：饮酒千杯。
④茶瓯（ōu）：一种茶具。
⑤香篆：焚香时散出的青烟。

译义

　　少年时代的我春日游玩的兴致比酒还浓。骑马簪花饮酒千杯。老来再遇春日，就像酗酒过度一样难受。让自己悠闲安乐的，唯有在自己的小房子里饮上几杯茶，焚上一缕香。

　　凋零的花朵都被吹走了，风还没有停息。不要怨恨，花儿的开放也需要春风的吹拂。想问一下谁见过春日离去的脚步？几只燕子，与我在夕阳中相遇。

赏析

　　词人将年少与年老的自己做对比，对春天有了不同的感慨，而与词人形成对比的则是后半部分的花开花落。人的年少年老、花的花开花落，都代表着时光的无情流逝，让人在春日起了愁思。

茶具

　　茶具，包括茶杯、茶碗、茶壶、茶洗、茶漏、茶针、茶宠等。唐宋时期，人们饮茶有十分复杂的工具和流程，饮茶方式也有很多种，如煎茶、斗茶等。

茶瓯

茶瓯,也被称为茶碗、茶杯,是一种比较常见的饮茶用具。这种茶具在唐朝的时候已经出现,后来逐渐有了形制的分类。有一种茶瓯的碗口被设计成花瓣的造型,很有艺术性。

茶道

把烹茶喝茶的整个过程视作一种充满美感的仪式,利用饮茶环境、烹茶工具、饮茶方式等,创造出一种饮茶艺术,这就是"茶道"。中国茶道历史悠久,对茶叶、茶具甚至烹茶的水都有要求,以此来提供一种精神享受。

茶道六君子

茶则、茶针、茶漏、茶夹、茶匙、茶筒,被称为"茶道六君子",是烹茶时的辅助工具。茶则用来测量茶叶的份量;茶针用来把茶叶拨到壶里,或者疏通茶网;茶漏用来分离茶汤和茶渣;茶夹可以夹住茶具,避免在使用热水时烫到手;茶匙用来拨弄茶叶,把茶叶拨到壶里,或者把喝过的茶叶拨出来;茶筒则用来存放茶叶。

苏东坡与茶

相传,有一次,大文豪苏东坡到一座寺庙中游玩,不知不觉进了一处禅房。

寺庙的住持正好也在禅房,他是个非常势利眼的人,瞧着穿着普通

的人就不太愿意搭理,而看见穿着绫罗绸缎的就十分热络。

正巧苏东坡这日穿得十分普通。住持见着来人是个日常穿着的陌生人,也没有随从,便随手

指着一张椅子说了声:"坐。"然后漫不经心地朝外面喊了一声:"茶。"

苏东坡也不搭理他,默默欣赏着墙上的画。住持见来人是个懂得书画的读书人,气质不凡,不免收起了一点轻视之意,随即说道:"请坐。"然后冲外面说一声:"敬茶。"

当住持问苏东坡姓名,得知此人竟然是苏大学士,不禁喜从心来,连忙起身招呼:"请上座。"然后,朝外面热络地喊道:"敬香茶。"

临别时,住持请苏东坡题字。苏东坡略作思索后,写了一副趣联:

坐,请坐,请上坐;

茶,敬茶,敬香茶。

住持看完后,顿时面红耳赤,羞愧难当。

青杏：叶底杏子垂

一枚小小的杏子，或清甜或酸涩。人们或用它煮酒，或烹饪菜肴，都别有风味。那么，青杏的背后又有着怎样的故事呢？

原文

蝶恋花·春景
［宋］苏轼

花褪残红①青杏②小。燕子飞时，绿水人家绕。枝上柳绵③吹又少，天涯何处无芳草！

墙里秋千墙外道。墙外行人，墙里佳人笑。笑渐不闻声渐悄，多情却被无情恼。

作者

苏轼，字子瞻，又字和仲，号东坡居士，世称苏东坡。苏轼是北宋文坛巨匠，诗、词、文皆精。其词开豪放一派，与辛弃疾并称"苏辛"。

注释

①花褪残红：花朵逐渐凋零的样子。
②青杏：还未成熟的杏子。
③柳绵：柳絮。

译义

红花凋残，杏子未成熟。燕子飞舞，绿水环绕着百姓人家。风吹过，枝条上的柳絮越来越少了，天下之大，哪里没有萋萋芳草呢？

墙里秋千，墙外路。墙外行人听到墙里美人的娇笑。笑声渐息，动静渐小。原是行人多情，美人无情，不过徒增烦恼。

赏析

这首词上阕写景，下阕讲人。上阕写春天远去的景色，带着一种伤春情怀；而下阕中行人因为墙内美人的笑声失了魂、起了相思，最终只是徒增烦恼。

杏子

　　未成熟的杏子大多是青色或者青黄各半,吃下去极酸。成熟的杏子是黄色或红色的,味道酸甜可口,可以做成果酱和果脯。

《偶作》

提到酸甜可口的水果，比较有代表性的就是杏子和梅子，唐朝的白居易在自己的作品《偶作》中就提到了这两种水果，诗中表现了杏子和梅子的季节性特点：杏树刚刚长出嫩芽的时候，梅子已然果实成熟。全诗如下：

红杏初生叶，青梅已缀枝。阑珊花落后，寂寞酒醒时。

坐闷低眉久，行慵举足迟。少年君莫怪，头白自应知。

杏林

杏林,常用来指医护人员。三国时期有一位医者,名为董奉,他隐居在山中,有着高超的医术。有人来找他治病,他怜惜病人穷苦,不收诊资,而是让病人愈后在山中种上杏树,重病痊愈的种五棵,轻病痊愈的种一棵。多年以后,众人种下了万余棵杏树,成为一片杏林。

杏仁

杏的种子就是杏仁。杏仁可以食用,但口味不同,一种杏仁口感偏苦,称为"苦杏仁";另一种杏仁口感偏甜,称为"甜杏仁"。苦杏仁有微毒,不可生食,大家食用的时候一定要注意。

唐玄宗与杏花

唐玄宗是个爱好风雅的人，琴棋书画、诗文歌舞颇有造诣。

有一天，唐玄宗来到别殿游玩。走到半路，忽然看到路边的杏花含苞待放，模样十分娇俏。蓝天白云、杏花待放，如此良辰美景，唐玄宗这个雅人自然不会错过。

于是，他命人拿来了羯鼓。羯鼓，就是羯族人的鼓乐器，鼓的腰身比两头都要细，两头蒙着鼓皮，敲击出来的声音响亮激烈、震荡人心。唐玄宗一曲歌罢，发现原本还是含苞待放的杏花竟然开了。

唐玄宗见此场景，心中欢快无比，笑着对周围的人说，这难道不算是一桩奇事吗？催促花朵绽放这是老天爷的事情，难道还不应该称我作老天爷吗？

鲈鱼：鲈鱼堪脍

"江上往来人，但爱鲈鱼美。"一盘鲈鱼，为古往今来的人们所喜爱。有一个人甚至因鲈鱼莼菜，生起绵绵乡愁，断然离开官场，成就了一段美谈。

原文

水龙吟·登建康赏心亭
[南宋] 辛弃疾

楚天千里清秋，水随天去秋无际。遥岑远目①，献愁供恨②，玉簪螺髻③。落日楼头，断鸿声里，江南游子。把吴钩看了，栏杆拍遍，无人会，登临意。

休说鲈鱼堪脍④。尽西风、季鹰⑤归未？求田问舍，怕应羞见，刘郎⑥才气。可惜流年，忧愁风雨，树犹如此⑦。倩⑧何人唤取，红巾翠袖，揾英雄泪。

作者

辛弃疾，原字坦夫，后改字幼安，号稼轩，南宋著名的豪放派词人，后世称其为"词中之龙"。辛弃疾与苏轼合称"苏辛"，与李清照并称"济南二安"。有词集《稼轩长短句》等。

注释

①遥岑远目：眺望远山。遥，远；岑，小而高的山。
②献愁供恨：只是引发我的愁绪和恨意。
③玉簪螺髻：这里指的是连绵的山势如同女子的发髻。
④鲈鱼堪脍：这里引用了西晋张翰的典故。
⑤季鹰：张翰，字季鹰。
⑥刘郎：刘备。
⑦树犹如此：东晋的大司马桓温北征多年，经过金城时，看到自己亲手种下的柳树已然长大很多，感慨道："木犹如此，人何以堪？"不禁泪流满面。
⑧倩（qìng）：请托。

译义

南方的天空清冷无比，水天一色，秋色无边。极目远眺，唯有远山，徒增愁绪，山势连绵如同女子的发髻。夕阳西下，余晖照在楼头，大雁的悲伤鸣叫声中，有一个江南游子，看着宝刀，抚遍所有的栏杆，没有人能体会我登临此地的心情。

不要像张翰那样贪恋家乡的鲈鱼美味，西风已尽，季鹰是否归来？到处找田舍买房子的许汜，怕也是羞愧见到豪情壮志的刘备。可惜时光如水，我担忧故国，身在风雨之中，心情如同当年桓温感慨的"木犹如此，人何以堪"。又到哪里去找人，唤来那些穿红着绿的女子，替我擦拭这英雄泪。

赏析

这首《水龙吟》是辛弃疾任江东安抚司参议官时所作。词人借景抒情，借登高览景抒发忧国忧时的哀愁，表达报国无门的愤懑。

鲈鱼

  鲈鱼分很多种，比较有代表性的有海鲈鱼、松江鲈鱼等。鲈鱼的身形比较扁平，身上有斑纹。鲈鱼肉质鲜嫩，烹饪时适合清蒸或者煮汤。

松江鲈鱼和吕洞宾

相传,"八仙"之一的吕洞宾有一次在一家酒楼吃鱼,他看端上来的鱼长相奇特,就让店家把活鱼拿出来看看。店家拿出鱼来,吕洞宾觉得这鱼长得不好看,就拿起笔往鱼的身上和腮上点画了一些花纹,将鱼买下放生。传说此鱼在河中繁衍,成了如今的松江鲈鱼。

金齑玉脍

金齑玉脍,又名鲈鱼脍,是一道名菜。齑,是剁碎的姜、蒜、韭菜等原料,为烹饪时的一种调料。金齑玉脍据说是隋炀帝出巡在外时吃到的一道鲈鱼菜肴。鱼肉鲜美洁白,调料金黄,色彩明快且味道鲜美。

渔民吃鱼

据说常年在外捕鱼的渔民在吃鱼的时候,吃完了一面鱼肉,不会翻面吃,也不会让别人"翻一下鱼"。因为"翻"字在渔民们看来有"翻船"的意思,不吉利。所以,很多人都是把骨头挑掉,继续吃肉。

鲈鱼堪脍

西晋的时候,有一个文学家,名为张翰,字季鹰。他是一个颇有才华的人。张翰被齐王司马冏招揽为官,他虽然做官了,心里却总是充满忧虑。

有一天,他对和他有同样际遇的好友顾荣说,如今天下大势,纷纷扰扰,战火四起,在朝廷为官,随时都面临困境。我本来就是个山野之人,对纷扰的政局并不放

在心上,对未来也不抱有期望。所以,我也希望你能够做好全身而退的准备。

一天,秋风四起,张翰站在风中,愁肠百转。他看着眼前的流水,忽然想到了家乡莼菜和鲈鱼,这两道菜烹调好以后,味道十分鲜美。念及此,他心中感慨,人这一生到底图的是什么呢?是自己理想中的安逸生活?还是追名逐利、蝇营狗苟?最终,张翰离开了官场。没多久,司马冏兵败,张翰因为早早离开而幸免于难。

住：宅事

卧具：身心休憩地

找一处休憩之地，让身心放松，是一件惬意的事。在寝具上坐一坐，躺一躺，沐浴着月光，人们不禁悲喜两忘。

原文

静夜思
[唐] 李白

床①前明月光，疑②是地上霜。
举头望明月，低头思故乡。

作者

李白，字太白，号青莲居士，又号谪仙人。他是唐代伟大的浪漫主义诗人，有"诗仙"之称。其代表作有《望庐山瀑布》《行路难》《蜀道难》等。

注释

①床：一般有五种说法。一说指井台；二说指井栏；或说"床"为"窗"的通假字；或取本义，指坐卧的器具；或说为胡床，即古时候一种轻便的坐具，可以折叠，类似现在的小板凳。
②疑：好像。

译义

床前有月亮的光辉洒下，远远瞧着像是地上覆了一层白霜。举头看看天上的明月，低头时心中的思乡之情油然而生。

> 赏析

　　这首《静夜思》脍炙人口。诗中没有华丽的词藻，也没有高超的表现手法，只是用清新纯朴的语言描绘了一幅生动形象的秋夜画面，表达了身在他乡的诗人对故乡家人的思念之情。全诗情景交融，耐人寻味，千百年来引起了无数读者的共鸣。

古代卧具

　　古代的卧具有很多，包括拔步床、架子床、罗汉床等。有些只用来睡眠；有些既可以用来睡眠休憩，也可以做坐具。

古代家具

　　古代的家具十分精致，且类型丰富，如床、桌、椅、席、屏风等。其中的椅子就形制多样，以明清为例，有圈椅、靠椅、宝座、矮凳等，所用材料有实木也有竹子，有些有雕刻，有些嵌螺钿，造型精致优雅。

榻

有句古话叫作"卧榻之侧,岂容他人鼾睡",也有一个词叫作"下榻",这里的"榻"就是一种坐具(也可以用来睡觉),作用有点类似于今天的小沙发。古时候的人原本是席地而坐,但这样的姿势多有不便,后来出现了榻,比席地而坐舒适了很多。

架子床

架子床的四周都有围杆,顶上有横杆,既有镂空雕刻(常装饰一些神话传说、民间故事等),也可以悬挂帐帘。榫卯结构的制造方式,让这些床非常结实。

家具的历史

在原始社会，人们住的是山洞或者粗糙的蓬屋，睡觉时就铺一些干草、软枝、兽皮等。

汉朝时期，因为少数民族文化与中原文化的融合，家具类型逐渐丰富起来，胡床、胡帐、胡服等，甚至少数民族的饮食都融入中原文化中。矮型坐具和高型坐具逐渐出现。

唐宋时期，比较精细的坐具和卧具已然发展起来，比如宋朝的椅子，造型就十分简洁，线条感强烈，没有多余的赘饰，风格十分雅致。

明清时期，尤其是清朝，家具造型逐渐华丽繁复，因为上层社会追崇昂贵的用料、繁杂的雕饰。这样的家具不仅有使用价值，还是一种身份的象征。

宝奁：匣内藏锦绣

在古代，妆奁是女子专门收纳化妆品的匣子，它内藏锦绣，外放光华，装扮出一张张如花似月的容颜。

原文

凤凰台上忆吹箫
[宋]李清照

香冷金猊①，被翻红浪，起来慵自梳头。任宝奁②尘满，日上帘钩。生怕离怀别苦，多少事、欲说还休。新来瘦，非干病酒，不是悲秋。

休休，这回去也，千万遍《阳关》③，也则难留。念武陵人④远，烟锁秦楼⑤。惟有楼前流水，应念我、终日凝眸。凝眸处，从今又添，一段新愁。

作者

李清照，号易安居士，是婉约派的代表人物。其父为苏门"后四学士"之一李格非，其夫为金石家赵明诚。李清照生活在两宋之交，词风受时局影响深远：早期词清新婉丽，写少女的明快生活与婚后的相思情意；南渡之后词风大变，多悲叹身世、感怀国事，格调深沉而感伤。

注释

①金猊（ní）：狮子形状的铜香炉。
②宝奁（lián）：珍贵而精巧的梳妆镜匣。
③《阳关》：唐宋时期的送别曲，全称为《阳关三叠》，这里指离别之歌。
④武陵人：此处指心上人。典故出自刘晨、阮肇在山中遇仙的故事。东汉时期，刘晨、阮肇在桃源迷路，遇到两位美貌仙女，受邀到其家中做客。半年后，刘、阮二人回到老家，才发现妻儿早都过世，在世的已是第七世孙。
⑤秦楼：此处指凤台。典故出自春秋时萧史和弄玉的爱情故事。萧史和弄玉是一对神仙眷侣，赵李二人刚结婚时也像他们一样恩爱美满、琴瑟和鸣。

译文

　　金猊香炉里的香灰已冷,锦被乱堆在床头,在日光下如层层红色波浪。起床后慵懒地打理一下头发。任凭梳妆镜上落满了尘埃,哪管日上三竿,日头照在帘钩上。我怕的是离别的伤痛,多少事情,想要说却不忍开口。最近有些消瘦了,与酗酒不适无关,也不是伤于秋情。

　　算了算了,这回他要走了,哪怕是唱上千万遍《阳关三叠》,也难以挽留。想想心上人总要远去,剩我独守空楼。只有楼前流水,还想着我整日凝视着它,我凝眸远眺的时候,今后又添了一份新愁。

赏析

　　这首词把词人那种无所事事、慵懒无趣却又带着一点娇嗔思念的情绪表现了出来。最后一段女子凝望江水的描写,无论是现实还是想象,都起到了强化主题的作用。

宝奁

奁,是女子的梳妆镜匣子,里面可以放梳妆用品、珠宝首饰、胭脂口脂等。宝奁有很多造型,简单的是一个带着盖子的圆盒,复杂的有很多有趣的机关和精美的雕刻。

闺房

　　古时候，家庭条件不错的女孩子都有自己独立的房间，称为"闺房"，也就是卧室。闺房，是女孩子活动休息、梳妆打扮、女红刺绣的地方。闺房是一个十分私密的处所，一般来说女孩子的闺房连父亲和兄弟都不能轻易出入。在文学作品中，穷人家女孩子的闺房称为"绿窗"，富人家女孩子的闺房称为"红楼"。

铜镜

在古代,人们多用铜镜。铜镜的一面打磨得十分光滑,可以照出大致的形象,不过在颜色和轮廓上还是有些失真。铜镜的另一面则有镜纽,方便抓握,有些制作精良的铜镜,背面还有精美的花鸟虫兽等吉祥图纹。

古代女子的梳妆

古代女子为了让头发和发髻保持顺滑,会使用头油。为了让头发看起来更多且容易做造型,她们也会使用假发,也就是"假髻"。古代女子有用来擦脸的香膏,用来涂嘴的口脂,还有用来化各种妆容的胭脂水粉。她们梳妆台上的东西一点也不比现代人少。

杜十娘怒沉百宝箱

《杜十娘怒沉百宝箱》出自明代小说家冯梦龙的《警世通言》。风尘女子杜十娘早就有了从良的心思,她把自己多年的积蓄放在了一个匣子里,这个匣子里的首饰珠宝数不胜数。

有一次,她遇见了一个书生,名叫李甲。李甲相貌生得好,又有几分才气,杜十娘对他十分倾心。杜十

娘打算跟着李甲从良,回李甲的老家生活。但是,李甲是一个懦弱的人,他既贪恋杜十娘的美貌,却也知道以杜十娘的身份,他的家里人根本容不下她。杜十娘却觉得自己有百宝箱的财富可做依靠,打算跟李甲徐徐图之。

两人在回乡的路上,遇见了一个名叫孙富的公子哥儿,孙富一眼就看中了貌美的杜十娘。于是,他假意和李甲接触,在李甲醉酒后,怂恿他把杜十娘卖给了自己。

杜十娘知道李甲已经把自己卖了,于是,在众目睽睽之下打开了百宝箱,把里面的宝物全都扔进了河里。之后,自己也跳进了河里,了断了一生。李甲后悔不已,围观者也唏嘘不止。

红烛：喜庆的象征

古代的照明工具主要有火炬、蜡烛、油灯等。火红的蜡烛是喜庆的象征，在洞房里彻夜燃烧，祝福喜结同心的新人能白头偕老。

原文

闺意献张水部①

［唐］朱庆馀

洞房②昨夜停红烛③，待晓堂前拜舅姑④。
妆罢低声问夫婿，画眉深浅入时⑤无？

作者

朱庆馀，名可久，字庆馀。唐代诗人。其诗辞意清新、笔法细致，《全唐诗》共存其诗作两卷。

注释

①张水部：张籍，曾经担任过水部员外郎。
②洞房：新婚夫妻的新房。
③红烛：红色的蜡烛。
④舅姑：公婆。
⑤入时：时髦，符合时尚。此处暗指文章是否符合心意。唐代文人参加科举考试前常作"行卷诗"，即为了给自己造势，迎合主考官，献诗给地位较高的达官贵人，希望得到赏识和提拔。这首《闺意献张水部》就是朱庆馀写给张籍的行卷诗。

译文

昨天的洞房里燃了一晚上的红烛,等到拂晓之时新妇来拜见公婆。画完了妆对夫君轻声细问,我这眉毛浓淡是否还符合时尚?

赏析

这首诗表面上看是一首新妇拜见公婆的诗。实际上,它表现了诗人对张籍的期盼和疑问,自己的文采是否还符合对方心意?

龙凤花烛

古时候,新人结婚时,要在洞房摆上龙凤花烛,造型就是龙凤,装饰上花朵图案,非常喜庆,也非常吉利。后来,龙凤花烛不仅用在新婚的场合,还用于寿宴或年节。

洞房

　　相传，在远古时期，尧遇见了一位仙子，仙子善良美丽，一下子就让尧魂牵梦萦。于是，尧不顾艰难险阻，跋山涉水找到了仙子所居的仙洞。谁知洞内突然蹿出来一只大蟒，尧惊慌失措之时，仙子及时出手救了他。两人彼此倾心，就在洞内成亲了。此后，便有了"洞房"一说。

烛台

　　蜡烛燃烧的时候会融化,所以需要一个器物固定蜡烛并承接蜡油,这个东西就是烛台。烛台的造型有很多种,有十分繁复精美的镂空雕刻烛台,也有简单的普通烛台。有些烛台为了更好地固定蜡烛,会设计一个尖口或者凹槽。

宫灯

　　除了蜡烛,古时候还有一种更加华丽的照明工具,称为"宫灯",也就是皇宫使用的照明灯,一般是用细木或者竹木做骨架,再用纱、玻璃灯围罩在外面。宫灯上有很多图案,如传说故事、吉祥人物等,以此寄托美好的祝福。

灯笼的传说

关于灯笼，在民间有很多传说故事。

据说，天帝有一只十分喜爱的神鸟。有一次，神鸟下凡，不小心被人射杀了。天帝得知以后，十分震怒，便下旨每年正月十五都要在人间放火，以平息自己的心头之怒。有一位善良的仙子得知了这件事情，不忍人间的老百姓受到这样的折磨，于是偷偷地来到人间，把这个消息告诉了人们。正当所有人震惊惶恐的时候，仙子教给了他们一个方法，用红布裹上竹笼，里面点上灯，在正月十五前后三天挂在自家的门口。

人们按照仙子的说法去做，果然红色的火光从每一户人家家里发出，从天界看来，犹如人间发生了一场大火一般。天帝没有发觉这并非人间真的烧了起来，人间于是幸免于难。后来，这成了习俗，每年正月十五前后，家家户户就点上了灯笼。

熏笼：香之道

与茶道一样，香道在我国也是源远流长。袅袅青烟从熏笼里缓缓升起，屋里便萦绕着一阵暖香，沁人心脾。

原文

后宫词
[唐] 白居易

泪湿①罗巾梦不成，夜深前殿按歌声②。
红颜③未老恩④先断，斜倚薰笼⑤坐到明。

作者

白居易，字乐天，号香山居士。唐代现实主义诗人，文字浅显，通俗易懂。代表作有《长恨歌》《琵琶行》等。

注释

①湿：有的版本写作"尽"。
②按歌声：依照歌声的韵律打拍子。
③红颜：此指宫女。
④恩：君恩，指皇帝的宠幸。
⑤薰笼：也就是熏笼，覆罩香炉的竹笼。香炉用来熏衣被，为皇宫中所用之物。

译义

眼泪沾湿了罗帕,难以入眠。夜深之时,前殿传来了歌声和拍子声。宫女的青春还没有逝去,皇帝的恩宠已经没有了。斜靠着熏笼,一直坐到天亮。

赏析

这首诗的主人公是一位宫女,她青春年少就被遗忘在后宫,一心盼望得到君王的宠幸却不可得。全诗描写了宫女孤独、苦闷、绝望的心情,倾注了诗人对不幸者的同情。

熏笼

　　熏笼是一种镂空的笼子,材质有很多种,如陶瓷的、竹质的、铜的,等等。熏笼罩在烤炉炭火之上,放在室内,既可以取暖祛湿,还可以用来熏香,包括熏房间、熏衣服等。

熏香

　　古时候有很多场合使用熏香,如祭祀、宗教仪式、日常生活等。点熏香是一种有修养的优雅行为。

熏香炉

用来焚烧熏香制品的炉子,被称为"熏香炉"。好的熏香炉既有使用价值,也有艺术价值。如玉香炉,是用玉石制作的香炉,熏香的青烟和玉石相互映衬,十分雅致。

香囊

香囊是一种方便随身携带的熏香制品,里面放置香料。香囊的造型和材料有很多种,比较常见的是丝绸缝制的香囊,上有丝带,方便系在身上;下有垂着的玉珠或丝绦,用作装饰。还有玉或金银质的香囊,雕刻有镂空的图案,里面可以放香丸。

博山炉的传说

博山炉是汉朝时期比较常见的香炉形制，材质有青铜的，也有陶瓷的。细看博山炉，造型上是一座仙山，上面有很多飞禽走兽，整体造型都十分精美。焚香的时候，烟雾从镂空处飘散，恍若仙山之上的云雾，非常有意境。

据说，汉武帝希望自己能够长生不老，当他听说海上有一座名为蓬莱仙岛的仙山时，不仅专门派人去寻找仙山，希望能够见到神仙，求得仙药，还经常观望仙山的方向。

他命人按照仙山的样子，专门制作了一种香炉，就是博山炉。

冰簟：寻一场清凉

炎炎夏日，铺一张冰簟，清凉自生。到了更深露重的秋季，竹席上便一片冰冷了，让人难以入眠。竹席，是夏季的好物件。

原文

瑶瑟①怨

［唐］温庭筠

冰簟②银床③梦不成，碧天④如水夜云轻。

雁声远过潇湘去，十二楼⑤中月自明。

作者

温庭筠，字飞卿。唐代诗人、词人。他的作品大多写闺阁情调，文字风格唯美浓艳，开"花间词"一派先河，被称为花间词派的鼻祖。其词作被收入《花间集》。

注释

①瑶瑟：瑟的美称。"瑶瑟怨"暗示女子幽怨之深。
②冰簟（diàn）：清凉的竹席。
③银床：铺满了月光的床。
④碧天：天空。
⑤十二楼：原指神仙居所，此处指女子居所。

译义

竹席冰冷，月光满床，人却难以入眠。夜空如水，夜云轻盈。大雁的愁苦之声飞向潇湘之地，十二楼中唯有月色明亮。

> **赏析**

　　这首诗描写深秋夜晚,女子独坐空闺,幽怨纷扰,久不能寐。诗人笔下的仿佛不是诗句而是一幅色调统一、情节连贯的图画,冰簟、银床、碧空、薄云、大雁、明月,不断变换的镜头中充满了浓浓的哀怨,意境幽远、意味深长。

竹席

　　竹席，顾名思义，就是用竹子削成的篾（miè）片，经过特殊处理加工，编织成的席子。夏天的时候温度高，人们会在床上铺上一层竹席，用来降温。等到夏天过去，秋天到来，气温逐渐降低，竹席就会变得冰凉，所以被称为"冰簟"。

草席

  相比于竹席天冷之后变凉的属性,草席的舒适性更强一些。草席是用草茎编织的席子,如马兰草、蒲草一类。在使用的过程中,为了延长草席的使用寿命,人们时常将草席放在太阳底下晒一下,以免生虫或霉烂。

凉床

古时候，人们夏天睡觉时用来降温的不只有竹席，还有一种床，称为"凉床"。凉床是拔步床的一种，是用竹子制作的，相对于实木的床，凉床比较容易搬动。有些凉床的形制比较像榻。

蒲团

蒲团，是一种由蒲草制作的坐垫，呈扁圆状。古时候，蒲团主要为寺庙的僧人静坐和跪拜时所用，也有生活日用的。

黄香凉席温被

汉代的时候,有一位著名的孝子叫黄香。孩童时,黄香就十分孝顺懂事,经常劈柴、烧水、做家务。家人十分欣慰,邻居也十分羡慕这家人有个这么懂事的孩子。

黄香最让人津津乐道的一点,是他对家人无微不至的关心照顾。

夏天天气炎热,蚊虫也越来越多。很多人睡觉时会被热醒,还会被蚊虫叮咬。黄香这时每每都在父母睡觉之前,拿着一把扇子对着床扇风。家人问他这是干什么。他说,我扇风,凉席会更凉快,席子上的虫子也会被扇跑。

冬天天寒地冻,冷得人睡不好觉。黄香就在家人睡觉前,爬到床上把被子捂热,然后等家人睡觉的时候,自己再从被窝里出来。

行：出行考

车：大车之声

车槛槛，马萧萧，行人已在路上，目的地还会远吗？

原文

大车①

[先秦] 佚名

大车槛槛②，毳衣如菼③。岂不尔思？畏子不敢。
大车啍啍④，毳衣如璊⑤。岂不尔思？畏子不奔。
穀⑥则异室，死则同穴。谓予不信，有如皦⑦日！

注释

①出自《诗经·王风》。
②槛槛（kǎn）：车轮的响声。
③毳（cuì）衣：用兽毛做的、绣五彩花纹的衣服。菼（tǎn）：初生的芦苇，青白色。此处比喻毳的颜色。
④啍啍（tūn）：车行迟缓的样子。
⑤璊（mén）：红色美玉，此处喻红色车篷。
⑥穀（gǔ）：活着。
⑦皦（jiǎo）：同"皎"，光明。

译文

大车槛槛往前行，青色绒衣如同柔嫩的芦苇，难道是我不思念你吗？是你没有勇气。

大车迟缓往前行，红色绒衣如同赤色的车篷，难道是我不思念你吗？是你不肯和我一起走。

活着不能在一起，死了希望能同穴。要是你不相信我，我就指着太阳来发誓。

> **赏析**
>
> 　　《大车》写一位情窦初开的女子深恋情人,想与之私奔,而男子却有很多顾虑。于是女子急切地出言激励,男子却仍躲闪回避。最终,女子手指太阳,发下重誓,要与恋人"死则同穴"。

车

  古时候，车是一种重要的交通运输工具，人们主要使用牛、马、骡等牲畜来拉车。各种阶层的人都会使用车，不同场合会使用不同类型的车。

战车

在古代,战车是打仗时用的车,一般使用战马拉车,马要膘肥体健,这样在战斗的时候才能保证一定的速度。战车的形制一般是两个轮子、一个车舆,两匹或者四匹马。车舆里有战士三人,中间的驾战车,两旁的一边负责近距离攻击,一边负责远距离攻击。

宝马香车

古时候，地位越高的人，生活品质越高，使用的生活用具也越精细。同样是出行代步使用的车，上层阶级可称为"宝马香车"，意思就是拉车的马儿是难得的好马，车子也充满了香气。普通老百姓出行时所用的车一般都是牛车，或者骡子拉的车。

步辇

辇是皇宫之中比较常用的一种代步工具。据说辇原本是有轮子的，后来轮子被拆掉，换成了人力来抬，原本是车厢的地方，变成了轿子一样的形制。这种代步工具的好处就是人力控制相对方便和灵活。

螳臂当车的故事

春秋战国时期,贵族阶层喜欢田猎,就是圈出一块地方来,这一片的动物就供贵族狩猎。打猎既是一种娱乐活动,也算是练兵。

齐庄公有一次出外打猎,他的车十分豪华高大。车子正在往前行驶的时候,一只绿色的虫子挡在了车前,挥舞着手臂。

齐庄公就问他的车夫,挡在车前面的是什么虫子。车夫回答,那是螳螂,这种虫子既不看对方的大小,也不会后退,只知道往前冲。齐庄公却说,这样的虫子若换成了人,那一定就是一个勇者啊。说着,他就让车夫给螳螂让道了。

天下有才之士听说齐庄公是这样一个惜才的人,纷纷投靠到他身边。

马具：快走踏清秋

马一直是人类忠实的朋友，驮着人类从远古走向现代，由愚昧驶向文明。伴随着人类历史的发展，它历尽刀光剑影、风霜雨雪，走过了漫漫征程。

原文

马诗二十三首·其五
[唐] 李贺

大漠沙如雪，燕山月似钩。
何当金络脑①，快走②踏清秋。

作者

李贺，字长吉，因祖籍陇西，故自称"陇西长吉"。李贺是中唐时期浪漫主义诗人的代表，他的诗熔《楚辞》浪漫主义情怀、汉魏六朝乐府及齐梁宫体为一炉，加之大胆而丰富的想象力，创造出独具一格的诗风。因此，他被称为"诗鬼"。

注释

①金络脑：指金属制的马络头，是马具的一种。
②快走：疾驰。此处指驰骋沙场。

译文

大漠的沙子像雪一样白，燕山的月亮弯如铁钩。什么时候马儿才能披上威风凛凛的鞍具，飞奔在秋色中，驰骋沙场。

赏析

《马诗》借咏马抒发诗人的心志,这是唐诗常见的借物抒情的写作方式。第一二句先描述了空旷寂寥的边塞景色,三四句直抒胸臆,表达了诗人想要建功立业的决心和期盼。整首诗营造出一种豪迈的氛围,抒发了诗人的雄心壮志。

马具

  马成为人类的代步运输工具之后,人类为了更加方便灵活地控制和驾驭马,就给马带上马具。战场上的马具尤其重要,既可以有效地控制马,也可以保护马。马具一般包括马络头、马鞍、马镫等。

木兰诗(节选)

　　唧唧复唧唧,木兰当户织。不闻机杼声,唯闻女叹息。问女何所思,问女何所忆。女亦无所思,女亦无所忆。昨夜见军帖,可汗大点兵,军书十二卷,卷卷有爷名。阿爷无大儿,木兰无长兄,愿为市鞍马,从此替爷征。

　　东市买骏马,西市买鞍鞯,南市买辔头,北市买长鞭。旦辞爷娘去,暮宿黄河边,不闻爷娘唤女声,但闻黄河流水鸣溅溅。旦辞黄河去,暮至黑山头,不闻爷娘唤女声,但闻燕山胡骑鸣啾啾。

　　万里赴戎机,关山度若飞。朔气传金柝,寒光照铁衣。将军百战死,壮士十年归。

游牧民族与马

如果说农耕民族与牛联系紧密的话,那么游牧民族与马的联系就更紧密了,比如我国蒙古族就有养马和驯马的文化。对游牧民族来说,马儿不仅是一种交通运输和狩猎的工具,更是人们生活中的朋友。

千里马

跑得十分迅速的马被称为"千里马",不过,此处的"千里"是虚数,是比较夸张的说法,并不是说这类马真的能够日行千里。

田忌赛马

战国时,齐国使者出使魏国,见到了当时还是囚徒身份的孙膑。孙膑不想没落一生,于是请求齐国使者救自己出去。齐国使者爱惜孙膑的才华,于是将他藏在了自己的队伍里,带到了齐国。

来到齐国的孙膑受到大臣田忌的器重。当时,齐国有一项赛马的娱乐活动。孙膑对田忌说:"大人,为了报答您的赏识之恩,我一定会帮您赢得比赛。"彼时,和田忌一起参加赛马的还有齐国的公子甚至齐王。

比赛开始前,孙膑发现,齐国的赛马根据马的快慢分为上等马、中等马和下等马。他就让田忌用下等马对战对方的上等马,这样毫无悬念地先输了一局。之后孙膑用田忌的中等马对战对方的下等马,再用上等马对战对方的中等马。舍一得二,最后赢得了比赛。而孙膑也因为出众的才华,受到了齐王的赏识,成为齐国的座上宾。

道路：绵绵思远道

有人的地方必有路。古往今来，那大大小小的路，不知走过了多少人，见证了多少悲欢离合。

原文

饮马长城窟行
[汉] 佚名

青青河畔草，绵绵思远道①。远道不可思，宿昔梦见之。梦见在我傍，忽觉在他乡。他乡各异县②，展转③不相见。枯桑知天风，海水知天寒。入门各自媚④，谁肯相为言。客从远方来，遗我双鲤鱼⑤，呼儿烹鲤鱼，中有尺素书⑥。长跪⑦读素书，书中竟何如？上言加餐饭，下言长相忆。

注释

①远道：遥远的道路。
②异县：异地。
③展转：辗转反侧。
④媚：亲昵。这里指各人回自己家，与自己家人亲近。
⑤鲤鱼：一说是"剖鱼见书"的传奇说法，一说是书信。
⑥尺素书：书信。
⑦长跪：古人的一种坐姿。

译文

河畔的草一片青葱，思念绵远记挂远方的人。远道寄托不了思念，我日夜都梦见对方。梦见他在我身边，却又忽然觉得是在他乡。他乡的人都身处异地，辗转反侧见不着面。枯桑落叶，可知秋风已至。海水广阔，也能感知天气寒凉。人们回家都是和自己家人亲热，谁又肯为我传话呢？有一位客人从远方而来，将书信传递给了我。我让孩子打开书信，里面便是信纸了。我长跪读着信，信上写着什么呢？前面说的是好好吃饭，后面说着相思勿忘。

赏析

这首诗是写思妇想念在远方行役的丈夫。从思念行人到收到书信，从痛苦绝望到惊喜激动，再到心绪平静，女主人公的情绪曲折回旋，让人回味无穷。

道路

    道路,是供人和运输工具通行的地方。在古代,政府统一规划修建的道路,称为官道。古时没有火车和飞机,人们只能靠步行或者马车出行,速度很慢。一旦有人远行后,他的家人就会十分惦念。

栈道

　　为了出行便捷或者其他目的,人们会在某些奇险的地方修建道路。栈道,就是修建在悬崖峭壁上的道路。有依山势地形而建立的木质桥形路,也有直接凿开悬崖峭壁后加上防护栏的道路。

驿站

古人传送信件文书,要靠人骑马传递。远程送信时,人和马都需要休息和补给。于是,就需要在沿途的特定地点修建驿站。

驿马

专门用来传递物资、情报和书信的马,被称为"驿马"。古时的驿马行业直属皇家产业。驿站设驿长以管理,设驿户以生产,设驿马以更换脚力。

鸿雁传书

汉朝的时候,苏武奉汉武帝的命令,出使匈奴。但是,苏武到达匈奴后,却被匈奴单于扣押了起来。匈奴人用了很多手段,想让苏武投降。苏武是个有气节的人,无论匈奴人如何威逼利诱,就是不投降。匈奴单于十分生气,却又钦佩苏武的气节,于是将他放逐到北海蛮荒之地去放羊。

十年之后,大汉和匈奴互通往来。苏武跟匈奴人说自己想随汉朝使者回故乡。匈奴人没有同意。后来,与苏武同住的人找到了汉使并讲明了情况。于是,汉使找到匈奴单于,谎称大汉的皇帝在狩猎时发现了一只大雁,脚上绑着书信,说苏武还在匈奴,想要回到故乡。最终,匈奴只能放人。

兰舟：江上舟

一叶扁舟，承载的是文人隐遁的梦想，也承载着离人的忧愁。

原文

清平乐
[宋] 晏几道

留人不住，醉解兰舟①去。一棹②碧涛春水路，过尽晓莺啼处。

渡头杨柳青青，枝枝叶叶离情。此后锦书③休寄，画楼④云雨无凭⑤。

作者

晏几道，字叔原，号小山，临川（今属江西）人，北宋著名词人，与其父晏殊齐名，世称"二晏"。他的词风哀感深婉，雅俗皆宜。为人孤傲，曾因郑侠上书反对王安石变法之事，受到牵连下狱。

注释

①兰舟：用木兰树造的船，此处指船。
②棹（zhào）：一种形状似桨的划船工具。
③锦书：书信的美称。
④画楼：雕梁画栋的楼房。
⑤无凭：没有依仗。

译文

怎么也留不下对方，那人酒醉乘兰舟离去。船桨划开碧波，开出了一条春水路，船儿走过的地方都是莺莺燕燕的啼鸣。

渡头杨柳已经青葱一片，枝枝叶叶都满含着离别之情。从此以后，你不要再寄那些华美的书信,画楼里的欢娱不过是一场梦,再多海誓山盟也都是空口无凭。

赏析

这是一首送别词。上片用白描手法写春日清晨渡口分别的情景:送者有意,别者无情;下片以女子的决绝之语作结,以怨写爱,更反衬出女子的一片痴情。

兰舟

　　兰舟是木兰树打造的船,在文学作品中用来形容船的美好。古时候,人们的出行方式有陆路和水路。陆路常用车马,而水路常用船。

宝船

明代的郑和曾奉命出海远航,这就是我们熟知的"郑和下西洋"。郑和出海的船又被称为"宝船",据说可容纳千人。

帆船

帆船是船上有桅杆、桅杆上有帆的船。船帆可以折叠收起,也可以展开。风起时,船员展开船帆,就可以利用风力快速地在水上前行。调整船帆的方向,就可以调整船的航向。

独木船

独木船,是一种历史悠久且制作相对简单的船。独木船就是把整木掏空(中空的地方可以坐人),再将木头打磨成船形,这样的船身既可以稳定地漂浮在水面上,又可以减少水流的阻力。

刻舟求剑

《吕氏春秋》里有一个寓言故事,讽刺的是一个人不懂变通,不会依据现实而改变策略的情况。

据说,有一个楚国人,做事呆板,不知变通。一次,这个楚国人要坐船出行。他的身上佩带了一把剑,他十分珍爱这把剑。谁知船在行驶的过程中有些颠簸,他的剑不小心掉进了河里。船上的人都急忙跟他说,你快下水去捞剑啊,兴许还能找到。

这个楚国人却不慌不忙地在船上掉落剑的地方刻了一个记号,然后就让船家继续开船走了。等船靠岸了,他才顺着记号的地方下水找剑。这样哪里找得到呢?

酒肆：笑入胡姬酒肆中

酒旗招展，酒香阵阵。仔细听，酒肆中传来胡姬和富贵少年们爽朗的笑声，久久不绝。

原文

少年行二首·其二
[唐] 李白

五陵①年少金市②东，银鞍③白马度春风。
落花踏尽游何处，笑入胡姬④酒肆⑤中。

作者

李白，字太白，号青莲居士，又号谪仙人。他是唐代伟大的浪漫主义诗人，有"诗仙"之称。其代表作有《望庐山瀑布》《行路难》《蜀道难》等。

注释

①五陵：泛指富豪之家。
②金市：此处指长安西市。
③银鞍：银质的马鞍。
④胡姬：胡人卖酒女，后泛指卖酒女。
⑤酒肆：酒馆。

译文

在长安金市的东边，富贵少年们骑着白马，马上套着银鞍，春风得意。游春赏景之后，最好的去处是哪儿呢？自然是欢笑着去胡姬的酒馆了。

赏析

　　在这首诗中，李白笔下的少年带着一种富贵不知忧愁的感觉，骑着白马，春风得意，有一种少年人的豪气。他们游春赏花，再去胡姬酒馆喝酒，诗人把生活的畅快表现得淋漓尽致。

酒肆

　　酒肆，就是古代的酒馆。人们可以相约去那里喝酒，也可以打酒回家。酒肆里不只有酒，还有下酒的饭菜，所以那时的酒肆很像现在的饭馆。

客栈

　　客栈，就是古代的酒店，人们可以在这里吃饭、住宿。客人主要是远行在此歇脚和做补给的人。来客栈的不只有散客，还有成群的商队。古时候的客栈，就像现代的旅馆、宾馆。

酒旗

酒旗，是古时候竖立在酒店门外、用来招揽客人的旗子，也被称为"青旗""酒望"。酒店为了突出各自的特色，更好地吸引客人，就将酒旗做得五花八门，力求在一众酒店中脱颖而出，其作用相当于现代店铺的招牌和广告。

行酒令

行酒令就是酒席上的一种助兴游戏。行酒令时要在喝酒的众人中选一人做令官，其余人玩游戏。行酒令时还搭配游戏用具，比如酒筹，饮酒一轮，就用酒筹记录。

宋江题诗

《水浒传》中有一段描写宋江题诗的情节。

宋江有一回散步,走着走着,就看见了一座酒楼,只见酒旗上写着"浔阳江正库",他这才知道自己走到了浔阳楼。宋江走进酒楼,点了酒菜,便一边吃东西一边喝酒。

宋江一个人喝酒,想着官场和家中的事情,越喝心里越不痛快。几杯酒下去,他已经有些醉醺醺的了。

于是,宋江叫店家拿来笔墨,随手写下了几句诗:"心在山东身在吴,飘蓬江海谩嗟吁。他时若遂凌云志,敢笑黄巢不丈夫。"其实,他写的诗不过是发泄心中苦闷的牢骚话。但是,他千不该万不该写出来,而且,写在这样一个人来人往的地方。

他的牢骚话被有心人利用,被说成是反诗。后来,他被逼无奈,上了梁山,落草为寇。